95歳まで生きるのは幸せですか?

瀬戸内寂聴／池上 彰
Setouchi Jakucho / Ikegami Akira

PHP新書

はじめに

瀬戸内寂聴

私は今年（二〇一七年）の五月十五日で、満九十五歳になった。長く生きたものだ。いや、生き過ぎたものだと、つくづく思う毎日である。もの心ついた時から、「非常時」という言葉を聞いていた。まわりの大人たちが、口癖のようにそれを口にしていた。つまり、非常時が当時は平常時だったのだ。同時に不景気という言葉も、子供の時からなじみになっていた。

当時、わが家では親戚の家の借金の保証をしたとかで、その家がつぶれ、保証人の父もあおりをくって、木工品の製造や建築の商売が出来なくなった。十人余りも同居していた父の弟子たちは家に返し、父は別の家に引っ越して小鳥屋を始めた。後で知ったことだが、世間が不景気になると、人は小鳥を飼いたがるのだとか。父は人語を話す九官鳥を店に飼い客寄せにした。

客がくると「おいでやす」「ありがとう」と甲高い声でくりかえしていた九官鳥が、ある朝突然、客を見るなり、「不景気でんな」と叫んだ。その頃、客がくる度みんな、その言葉を挨拶のように口々に言っていたのを覚えてしまったのだ。熱心な買手がつきかけていた九官鳥はすっかり値打を下げてしまい、誰も見ようとしなくなってしまった。小鳥屋はいつの間にかやめ、家はまた引っ越して、父の弟子が少しずつ戻っていた。彼らの仕事は木工品より、村の神社や小学校の入口に必ずある、御真影奉安殿を造ったりするようになっていた。

学校では日本は世界の三大国の一つで、戦争には強く、昔から負けたことはない、危うくなると神風が吹いて、必ず勝つと教えられた。三大国とは、イギリス、アメリカ、日本であった。爆弾三勇士の話を先生から聞かされ、感動して涙が出た。

中国との戦争が始まっていて、召集令状は一銭五厘のハガキ一枚に刷ってあったので、令状のことを「一銭五厘」と呼んでいた。五厘は貨幣としてはもう殆ど使われていなかったが、私は一銭銅貨よりは少し小さく薄い五厘銅貨で、飴玉一つ買った記憶がある。大本営発表の戦果は、いつでも日本の勝利だったので、その度、提灯《ちょうちん》行列をしたことを覚えている。わが家は姉と私の女姉妹《きょうだい》だったので、お国のため戦争に行かせる男の子のいないことで、両親は肩身のせまい思いをしていた。町内に出征兵士が出たら、町内中の人が家ごとに国旗を出し、出征者を万歳万歳で見送った。

女学生になっても戦争はつづいていて、校門の外には、毎朝千人針を女学生にして貰う人々が待機していた。白木綿の細長い布に、赤い木綿糸で千の玉を縫い付けたものを兵士が腹に巻けば、弾に当たらないという迷信がまかり通っていた。そのうち、授業の一部をさいて、兵士に贈る真綿のチョッキを作らされたりした。戦場の兵士をしのんで菜なし弁当の日まで決められた。それも日常で、慣れてしまえば何でもなかった。

箸がこけても笑う年頃の娘たちは、いつでもはじけるような笑い声をあげていた。四国の徳島の女学校の卒業旅行は、朝鮮を釜山から北上し、満州の新京までが旅程だった。

女学校を卒業して私は東京女子大へ行った。アメリカのクリスチャンの寄付金で建てられたという東京女子大は、門を入ると色ガラスの窓の美しいチャペルがあるミッションスクールだった。

阿波の徳島の、至って旧弊な、良妻賢母教育をモットーとした県立高女（高等女学校）の教育を五年間叩きこまれてきた私は、「およそまことなるもの」と、ラテン語がかかげられた白亜の校舎も、一人一部屋の寮舎も、広々としたホッケーフィールドも、物珍しく新鮮な興奮をかきたてられるものばかりであった。寮舎の前には小ぢんまりとした洋館があり、理事のA・K・ライシャワー一家の棲居だった。

服装は自由で、長い袂《たもと》の華やかな和服に、宝塚の生徒のように短めの袴《はかま》をつけていたり、流行のデザインの洋服を着こなしている生徒たちばかりだった。巷《ちまた》では、「ぜいたくは敵」だとか言い、長い袂を切らせる運動が始まっていたが、この学校では誰も袖を切ったりする者はいなかった。

在学中に私は見合いで婚約していた。外務省からの留学生として北京へ渡り、留学期間をのばし、「古代支那音楽史」を研究している学者の卵ということだった。昭和十九年の春、卒業するはずの私たちに、突然、半年早く卒業が決められ、昭和十八年九月卒業と政府からの命令が出た。私はこれ幸いと、卒業式にも出ないで、迎えにきた男と共に北京へ渡った。その直後、男の大学生たちが兵隊にされ、雨の中を行進して戦場に送られたことを、私は戦後まで全く知らなかった。

その後の私の七十余年の生きざまを、人は波瀾万丈と言う。自分では、そうは思わない。もはや死を目の前にして、私はまだ知りたいことが山ほどある。それを問いたいため、死ぬ前に当節日本一博学の池上彰氏にゆっくりお会いしたいとひそかに思いつづけてきた。念ずれば花開く。今、その念が突然叶えられるチャンスに恵まれた。ああ嬉しい。

二〇一七年八月

95歳まで生きるのは幸せですか？　目次

瀬戸内寂聴

第1章　歳をとってわかったこと

寂聴さんが池上さんに聞きました。

第4章

「男たちはなぜ、恋も革命もしなくなったのでしょう？」

第1章

歳をとってわかったこと

瀬戸内寂聴

本当の老後は八十八歳からやってくる

九十五歳にして思う。「八十八歳からが本当の老後」

これだけ長く生きていると「長生きの秘訣」をよく聞かれます。ということは、皆さん長生きしたいと思ってらっしゃるのですよね。

ただし、それは「元気で」という条件つきでしょう。私も圧迫骨折で寝たきりになった八十八歳までは、「長生きの秘訣」について、誇らしく語れたかもしれません。ただ当時は、自分が高齢の老人であるという自覚さえ薄い状態でしたから、「長生き」と言われること自体がピンときませんでした。

しかし、八十八歳を過ぎ、何度も入院や寝たきりの日々を繰り返した今となっては、正直なところ、長生きしすぎたなと感じています。九十五歳まで生きたからこそ言えるぜいたくな言葉かもしれませんが、嘘いつわりのない気持ちです。

八十八歳以降は辛いこと、痛いこと、人に迷惑をかけてしまうことが続いています。もちろん嬉しいこともたくさんありますが、仮に八十八歳あたりで、全身麻酔をかけたときのように、スッと虚空《こくう》に消え入ることができれば理想的だったのかなと思ったりもします。

唯一の救いは、幸い、まだ私はボケてはおりません。いえ、私がそう思っているだけかもしれませんが、ふだんから天然ボケのようなところもあるので、いざ本当にボケてしまっても、判断するのに時間がかかるかもしれません。そのような迷惑をかけることになる前に、人生を終わらせることができれば、尊厳を保ったまま終幕を迎えられそうです。とはいえ現実には、私たちは寿命を自分で決めることはできません。病も老いも死も、間違いなくやってきますが、それがいつかは自分でさえわからない。

人は自分の人生さえ、自分の思うままにはできないのです。これがお釈迦さまの説かれた、人間が抱える根源的な「苦」です。こうした事実を突きつけられるのが、私の考えでは概《おおむ》ね八十八歳です。身体が明らかに下り坂を迎える八十八歳以降こそ、本当の意味で「老い」を実感する「老後」と言えるのではないでしょうか。

これほど多くの人たちが八十歳、九十歳と生きられる時代は、これまでありませんでした。さすがのお釈迦さまも八十歳で亡くなりました。二千年前の八十歳は今の二百歳に近かったのではないでしょうか。当時の人々は、このような時代が来るとは想像もしなかったでしょう。多くの人が長生きすればガンになるのも、認知症になるのも、日本人の寿命があまりに延びたからでしょう。これまでの「老後」とは違った、新しい「老後」の姿を、私たち日本人は今つくっているのです。

だれもが初めての経験ですから、これまでになかった長命に不安になるのは当然です。一足先に長生きし、老後を迎えている私のような者たちが、「あんな九十歳になりたい」と思われるような人生を送ることができればいいのですが。

出家をして、余生を生きるのがラクになった

一般の会社員の皆さんには「定年退職」があり、それが大きな人生の転機になります。定年までは一生懸命働き、あとは悠々自適、第二の人生を送られる方もいらっしゃるでしょう。今や定年後に二十年、三十年と生きられるようになりました。生まれ変わって、もう一花咲かせることもできそうです。

私は若いころから作家でしたから、定年なんて一切ありません。引退も考えたことはありません。しかし五十一歳のとき、生まれ変わろうとして、人生に一区切りをつけました。それが「出家」です。

私は二十六歳のとき「家出」をしたことがあります。そのときは、もっと未来の自分として生きたいという気持ちで家を出ました。一方、五十一歳の「出家」は、それまでの自分をいったんリセットして、新しい自分に生まれ変わるためです。出家というのは、家出とは違い、生きながらにして、いったん死ぬことなのです。でも、「家出」と

「出家」が同じ字なのがおかしいですね。

二千五百年前のお釈迦さまの時代には、すでに出家の伝統がありました。お釈迦さまは古い時代のインドで、小さな国の王子として生まれました。しかし、どれほど富や権力を手に入れても、病や老い、死といった人間の生きる苦しみから逃れることはできないことを知り、人生の真理を求めて、修行の道に入りました。そのとき王子としての地位を捨て、妻や生まれたばかりの息子とも縁を切り、すべてのしがらみを断って「出家」したのです。

「出世《しゅっせ》」という言葉がありますね。サラリーマンの世界では、平社員から主任、課長、部長へと階段を上っていくことを指しますが、もともとは仏教の用語「出世間」から来た言葉です。俗世間から仏の世界に入ること、すなわち出家することを意味していました。ずいぶん違った使われ方をするようになったものですね。

母が徳島の空襲で亡くなった五十歳という年齢を超えたとき、私は「余生」を意識するようになりました。当時の私は作家としては順風満帆でしたが、子どもも夫も犠牲にして、すべてを小説に捧げていました。家庭を壊し、いろいろな人を傷つけてしまったことを振り返ると、いくら小説が高く評価されても、そこに虚しさを感じてしまったのです。

折しも三島由紀夫さんや川端康成氏の自殺が続き、私はこの後の余生を生きていくうえでの、目的や支えを探し求めていました。そこでたどり着いたのが出家という道でした。私はキリスト教にも関心がありましたから、実は仏教以外の選択肢もあったかもしれません。しかし、私の場合には、仏さまとのご縁があったのでしょう。

私は瀬戸内晴美をいったん殺して、新しい自分、瀬戸内寂聴に生まれ変わりました。過去のしがらみを捨て、仏さまの子どもとして生を受けたのです。「寂聴」は、今東光《こんとうこう》師から授かった法名です。名前を変えることには出版社が大反対しましたが、今では瀬戸内寂聴のほうがおなじみです。名実ともに生まれ変わることができました。若い編集者の中には瀬戸内晴美の名を知らない人もいるほどです。

出家するということは、すべてを仏さまに委ねるということです。成功しても失敗しても、それは仏さまの計らいです。仏さまはいつも私を見ていますから、以前のように悪いことはできません。

出家のとき、今東光師から直接いただいた教えは、

「独りを慎みなさい」

ただそれだけです。

人はだれも見ていないと思うから、悪事をはたらき、その結果、自らが苦しむことになります。私自身にも不倫をした報いが返ってきました。だれも見ていないと思っても、仏さまはすべてを見ていらっしゃいます。だから独りを慎んでおれというのが今先生の教えです。そのかわり、仏さまはいつも見守っていてくれますから、何も恐れるものはありません。

自分であれこれ思い悩んでも、人の力でできることは、たかがしれています。しかし、仏さまに任せきっていれば、悪事や恐怖は自然に遠ざかっていきます。出家のときに断ち切った煩悩に火がつくことはありません。私は仏さまの子となることで、決して揺るがぬ自信を手に入れることができました。余生を生きるのがとてもラクになり、毎日が楽しくなったのです。

九十五歳の夏、寂庵で味わう日本酒の旨さ

私はふだん、京都・嵯峨野の曼荼羅山《まんだらさん》寂庵で過ごしています。小説の執筆も、定例の法話の会、写経の会もこちらで行っております。

二〇一〇年、八十八歳のとき、私は背骨の圧迫骨折で起き上がれなくなりました。生まれてはじめて、半年間にわたって寝たきり生活をしたのも、この寂庵です。東日本大震災が起こると、いち早く被災地に駆けつけたくなり、歩行器に入ってリハビリに励んだのも、寂庵の廊下でした。

九十二歳のときには再び圧迫骨折になった上、胆嚢《たんのう》にガンが見つかりました。このときも長らく寝たきりになってしまい、退院しても、寂庵の庭を自分の足で横切ることさえ、ままならないほど体が弱っていました。もとの暮らしに一日も早く戻れるよう、再びこの庭でリハビリに取り組んだものです。

そんな私の居場所である寂庵での楽しみのひとつといえば、何といってもお酒です

ね。とくにお気に入りなのは大吟醸『白道《びゃくどう》』。私がプロデュースして、山形の男山酒造につくっていただいた銘柄ですから、好みにぴったり合っています。かつては文壇酒徒番付の西の大関などと言われたほどですが、今では軽くたしなむ程度です。どれくらいの量を「たしなむ」と言うのか。それは内緒にしておきましょう。

好きなお酒も、病気にかかって入院したり、手術したりすれば飲めなくなってしまいます。自分の飲みたいときに、おいしいお酒が飲めるだけで幸せですね。尼僧のくせに酒を飲むことを公言してはばからない。これを快く思わない方もいらっしゃるようです。実際、私は出家した後も、戒律を守れない不完全な尼僧であることを自覚しております。

仏教には、出家していない在家の信者も守るべきとされている基本的な五つの決まりごと「五戒」があります。

不殺生戒《ふせっしょうかい》（殺してはならない）

不偸盗戒《ふちゅうとうかい》(盗んではならない)
不邪淫戒《ふじゃいんかい》(邪淫してはならない)
不妄語戒《ふもうごかい》(嘘をついてはならない)
不飲酒戒《ふおんじゅかい》(酒を飲んではならない)

これはあくまで在家の信者のルールですから、私のように出家した者なら、なおさら守らねばなりません。五つ目に、飲酒はダメだとはっきりうたわれていますね。はるか二千五百年前の古代インド、お釈迦さまの時代でも、酒飲みは人に迷惑をかけていたようです。人殺しや盗人《ぬすっと》並みに禁じられるとは、大した嫌われぶりではありませんか。

出家した者には、これ以上に厳しいルールがこまごまと定められています。ただし、お釈迦さまは亡くなる間際、戒律は簡素化してもよいと言い残されました。そこで、のちの時代に興った大乗仏教では、価値観の変化や地域の事情を考慮して、戒律も柔軟に姿を変えました。日本の天台宗では、出家すると「十重四十八軽戒《じゅうじゅうしじゅうはちきょうかい》」を守らねばなりません。重い戒めだけで十。軽い戒めは四十八もあります。お酒を飲むことは、少しだけ軽い戒めである「四十八軽戒」のほうで禁じられています。

私は出家するまで、人殺しや盗みこそしませんでしたが、他人の夫を盗んでいます。情熱と欲望のおもむくままに、今にして思えば罪深いことを数々してきました。しかし、五十一歳のとき、出家によって仏さまの子となって以来、下半身の戒めだけは誓って守り続けております。ほとんどのお坊さんが結婚して子をもうけている日本において、これがもっとも守り難い戒めでしょう。

もちろん今でも、素敵な男性にときめいたりは始終しておりますが、戒めを破るようなことには決してなりません。だからお酒ぐらいはいいじゃないか、などと言うつもりもありません。お酒に飲まれて人に迷惑をかけることがないよう、仏さまに見られていることは、常に意識しております。

すでにあちこちで公言していますが、私は「酒の肴《さかな》には人の悪口が最高」などという破戒《はかい》坊主です。九十五年間生きてきてもなお、人間として未熟で不完全であることをかみしめながら、おいしいお酒を飲み続けて死んでいきたいですね。

二十歳の女子大生時代、初めての断食を経験

週に何度も徹夜して小説を書くかと思えば、全国に講演や法話に出かけて、おいしい料理やお酒をいただく。そんな生活をずっと続けてきましたから、「体にいい」と言われるものを食べたり、生活習慣をあらためたりした記憶はあまりありません。一時期、ろれつが回らなくなったときに、婦人雑誌が勧めていた「玄米・菜食」を試してみたことはあります。実際に半年ですっかり治ったのですが、治ったとたん、すぐお肉に戻りました。

ありがたいことに、これまで仕事の依頼もひっきりなしにいただけましたし、やりたいこともたくさんありました。健康に気をつけている暇などなかったのです。皮肉なものですが、それでも九十五歳まで長生きできるのですよ。私よりずっと健康に気遣っていたはずの方々が、次々に亡くなられているのに。

ただ思い起こしてみると、二十歳のとき、ひとつだけ特別な経験をしていました。私

は東京女子大に在学中、お見合いで学者の卵と婚約しました。中国古代音楽史の研究をしている彼は、留学を長びかせて北京に暮らしていました。お金もありません。私は以前から体が弱いという自覚がありましたから、病気などしたら迷惑をかけてしまう、何より健康にならなきゃと思いました。

そこで、だれにも相談することなく、新聞広告を頼りに、大阪の断食道場に飛び込んだのです。女子大の寮を抜け出して。当時から、思い立ったら行動せずにはいられない性分だったのですね。

断食道場にいたのは四十日間。完全に断食する期間は二十日で、その後、二十日かけて元の食事に戻します。断食をすると、体の中にたまっていた悪いものがすべて排出されます。それまで極端な偏食だった私が、断食後は何でもおいしく食べられるようになりました。まるで細胞一つひとつが入れ替わったような感覚でした。私は五十一歳で出家し、精神的に生まれ変わりましたが、二十歳のとき、すでに体は一度生まれ変わっていたのかもしれません。

断食は正しい指導のもとでやらないと危険も伴います。合う合わないもありますので、すべての方にお勧めできるわけではありませんが、私には大きないい変化をもたらしてくれたようです。断食以来、私はとても丈夫になりました。元気になりすぎた私は、離婚して家を飛び出したり、それはそれはいろいろな経験をすることになりました。

次に私の体に大きな変化をもたらしたのは、五十一歳にして頭を丸めた「出家」です。出家そのものは精神的な変化ですが、その後の僧侶としての修行は、想像以上に肉体を酷使するものでした。

出家した翌年、比叡山での二カ月の修行に参加しました。周りはお寺の跡取りの若者ばかり。一緒に毎日三十キロの山道を登り下りする「三塔巡拝」という荒行も行いました。

幼いころは虚弱体質だった私ですが、女学校時代には陸上の選手でした。三年間ずっと補欠でしたが、放課後の練習だけは熱心にしたおかげで、基礎体力はしっかり養われたようです。現在、リハビリの先生にも身体能力が高いとほめられました。

比叡山の荒行でも、この基礎体力が発揮されたのかもしれません。初めは最後尾で遅れていた私が、二カ月の荒行が終わるころには、四十人中、三番目で山道を駆けられるようになっていたのです。全身を床に投げ出す五体投地礼《ごたいとうちらい》も過酷な行でした。初めに三千回、その後は毎日、五百回繰り返します。腰が抜けて立ち上がれなくなりました。その後、私はますます丈夫に、元気になりました。出家という転機は、私の身体までも生まれ変わらせてくれました。

好きなものを食べ、自分の行きたいところに行く。この簡単なことが歳を重ねると徐々に難しくなってきます。世の中いろいろと便利になっていますので、ついつい楽をしてしまいがちですが、足腰といった基本的な体力を、ふだんから意識的に鍛えておくことは、決して損にはならないはずです。

歳を重ねて、ますます体が肉を欲する

今となっては信じられないことですが、子どものころは体が弱く、産婆さんに「一年

もたない」と言われたほどです。肉も野菜も大嫌い。小学生のときには偏食で栄養失調になり、身体中におできができていました。

しかし、今では肉が大好き。肉をたっぷり食べることが私の元気を支えています。小説を書くようになって、とくに肉が好きになりました。上等な肉でなければいけないとか、牛肉がいいとか、こだわりはありません。肉を食べられることが、体が大丈夫な証と言っても過言ではありません。

食事は一日、朝と夜の二食です。二食すべて肉というわけではありませんし、もちろん野菜も食べています。午後にはおやつもいただきます。幸い全国各地からのいただきものが多く、寂庵にいながらにして、ぜいたくな思いをさせていただいています。

お釈迦さまの教えのうち、もっとも大切なもののひとつが「殺してはならない」です。もちろん人だけでなく、動物の命を奪うことも罪深いこととされています。「五戒」の中でも「殺してはならない」がトップに来ます。「四十八軽戒」では肉を食べることが禁じられています。

ただし、何がなんでも肉を食べてはいけないというわけではありません。できれば命を奪わないにこしたことはありませんが、仏教が広まった国々の中には、伝統的に肉食が主流だったところもあります。現実的には、自分の手で生き物を殺したり、自分が食べるために人に殺させたりすることが禁じられているのです。大切なのは、食べ物にこだわりすぎないということです。出されたものを嫌がり、他のものを要求したりする、過剰なこだわりを戒めているのです。

もとより、お釈迦さま本人が肉食を禁じたわけではありません。修行者として、信者からお布施として供されたものは、肉でも魚でも分け隔てなく食べていました。弟子たちも同様です。食べ物に執着するという煩悩を断ち、ありがたくいただいていたのです。

お釈迦さまが命を落とした原因も、肉による食中毒だったそうです。一説には、熱心な信者だったチュンダという鍛冶屋さんが出した肉でお腹をこわしたと伝えられています。

今でも、お釈迦さまの教えを受け継ぐ東南アジアのお坊さんたちは、普通に肉を食べています。お坊さんが精進料理を食べるのは中国の仏教の伝統のようです。だから、仏さまの子となった私も、安心して肉を食べることができるのですね。

好きなものを好きなだけ食べられる幸せは、この度、何度も入院してよくわかりました。私は病院食が大の苦手で、申し訳ないのですが、まったく食欲がわきませんでした。全国を飛び回って、おいしいものをたくさん食べてきたせいもあるのでしょうか。入院中に、肉料理やカレーなどを差し入れしてもらったこともありました。お釈迦さまの境地とは程遠いありさまですが、病後の回復には、何よりまず好きなものを食べて、体力と元気を取り戻すことが必要でした。そう体が求めていたのです。

二〇一四年に入院したときには、お医者さんの指導に従って食事療法をしたこともあります。当時、糖尿病ぎみだったのですが、食事療法のおかげでかなり改善され、好きなものを食べられるようになりました。やはり多くの人の身体をご存じである、お医者さんの言葉には従っておくべきですね。

体にいい食事や生活習慣といった情報は、今や世の中にあふれていますが、入院して食の大切さが身にしみて以来、なおさら好きなものを、好きなだけ食べようという気持ちになりました。さすがに九十歳を過ぎ、食べる量は減ったはずですが、それでも「よく食べますね」といつも人から言われるほどです。

年寄りは野菜と魚と決めつける風潮もありますが、人それぞれ、ふさわしい食生活というものがあるはずです。お医者さんのアドバイスには謙虚に耳を傾けつつ、自分の体の声にも従う。これが、九十五年生きてきた私の健康法と言えるでしょう。私の場合は、お酒と同じく、肉を好きなだけ食べられるのが元気のバロメーター。歳を重ねてますます、肉は元気の源になっています。

鏡の中に「八十歳のお婆さん」が！

私は八十歳を過ぎても、日々執筆に明け暮れ、法話に講演にと、全国を飛び回っていました。一時間、二時間と立ちっぱなしで法話をしても全然平気。「お元気ですね」と言われるたびに「元気という病気なんですよ」と笑っていたものです。

しかし、見た目には元気だった私にも、老いは着実にやってきました。まず、七十歳前に、耳が遠くなりだしました。私自身は聞こえなくても不自由はなかったのですが、周りが私に言いたいことを伝えられず不自由を感じるようです。補聴器を使うこともありますが、付けていてあまり気持ちの良いものではありませんね。高価なうえ、何度もなくして秘書に怒られています。

耳の次に異変を感じたのは眼です。作家として読書に熱中して人一倍眼を酷使していますから、無理がきてしまったのかもしれません。七十代の半ばのこと。窓ガラスやコップなどが曇って見えるようになったのです。はじめは寂庵のお世話をしてくれているスタッフの掃除が行き届いていないのかと思い、「磨いておいてね」などと言ってしまったほどです。

人の顔色も悪く見えるようになりました。「どこかお悪いの？」「お化粧変えたら？」なんて、私に言われた人は、さぞかし戸惑われたことでしょう。なんのことはない、歳をとると多くの人が経験する、白内障だったのですね。

八十歳のとき、手術してもらうよう、お医者さんにお願いしました。普通は片眼ずつ手術するそうですが、とにかく忙しかったため、両眼一度に済ませてしまいました。白内障の手術はとても簡単になっています。レーザーを当ててあっという間。痛くもかゆくもなく、三十分ほどで両眼終わってしまいます。日帰りもできるのですが、手術を受けたのは東京の病院でした。検査のために京都から通うわけにもいきませんから、入院することにしました。

手術が終わると、案内された部屋には仕事机が用意されていました。「さあ、ここで今日から小説を書いていいですよ」というわけです。私の原稿を待ってくださっている方がたくさんいらっしゃいますから、すぐに執筆に復帰できるのはありがたいことです。

普通に眼が見えるようになったおかげで、驚いたこともあります。洗面所に入って鏡を見たとたん、「キャー！」と大声で叫んでしまいました。廊下にいた秘書が飛んできました。

「どうしたんですか⁉」

「見て！　鏡の中にお婆さんが、八十のお婆さんがいる」

「だって、八十のお婆さんですもの」

秘書に平然とそう言われて大笑いしましたが、正直なところショックでした。それまで幸いなことに、自分の姿がよく見えていなかったのですね。私は六十七歳ぐらいの気持ちでいました。なのに、八十歳のお婆さんの顔がそこにあるのですから、本当にビックリしました。周りからも「お肌がツヤツヤですね」なんてお世辞を言われて、その気になっていたのですが、「八十歳にしては」という意味だったのですね。

寂庵に戻ってくると、窓ガラスやコップが以前と違ってピカピカになっていました。私が帰ってくるから磨いてくれたわけではなく、前からずっとそうだったのです。イヤというほど見えるようになって気づかされました。自分の眼が曇っていることは、自分では気づかないものなのです。

八十五歳のときには、加齢性黄斑変性《かれいせいおうはんへんせい》の手術も受けました。この病気は以前は欧米に多かったのですが、生活様式が変わったため東洋にも来て、日本でも増えてきたそうです。こちらは手術をしても治りませんでした。もっと早く手術すべきだったらしいのですが、多忙なあまり後回しにしてしまいました。どこでも変だと思ったら、早くお医者さんに診てもらうことをお勧めします。

右目はそれきり、まったく見えなくなりました。でも不自由とは感じていません。一年たって目の検査をしたら、左目の視力は一・二から一・五に上がっていました。片目だけで見ていたため鍛えられたのかもしれません。片目だけでもよく見えるのは、小説家としてありがたいことです。

今も、週刊誌だけで四種類は読んでいます。もちろん、厚い本も五冊は見ています。いつまでも小説を書き続けたいですし、本を読み続けたいですね。残った一つの目が命綱です。

老人らしく生きる必要はない。自分らしく生きよう

八十八歳で「半年間の寝たきり」を初体験

私が初めて大きな病気を経験したのは、二〇一〇年、八十八歳のとき。そんな歳だとはまったく意識することもなく、日本はもちろん海外までも飛び回っていました。

ある夜、東京のホテルで、荷物をトランクに詰めていたところ、腰のあたりからギクッという音が聞こえました。

「あ、ついにやっちゃった」

噂に聞くギックリ腰だと思いました。周りにも経験者が多かったため、私にも順番が来たかという思いでした。初めはそれほどの痛みではなかったのですが、翌日、容体が

急変。京都に帰る新幹線に乗れないほど、痛くなってきたのです。

東京でなじみのマッサージ師に来ていただき、マッサージと鍼《はり》で痛みを抑えて京都に帰ったものの、そのときには立ち上がれないほど痛くなってしまいました。後日、お医者さんに診てもらったところ、腰部脊柱管狭窄症《ようぶせきちゅうかんきょうさくしょう》だと診断されました。少し前から唇にヘルペスが出ていたため、疲労しているのは自分でもわかっていました。持病の糖尿病の数値も悪化していました。

お医者さんによると、この症状を治すには、手術をするか、安静にしているかしかありません。手術は避けたかったため、安静にしている道を選びました。こうして、コルセットを付け、ただ病院のベッドでじっと寝ているという、初めての寝たきり生活が始まりました。

薬が効かないほどの猛烈な痛みで、眠れないこともありました。「観音さまがお休みをくださった」などとのんきに構えていたのは最初だけ。あまりの痛さに、こんな思いをさせるなら、いっそ殺してほしいとさえ思ったほどです。

以前は「極楽なんて平和で退屈そう。私は地獄に行ってみたいわ」なんて言っていたのですが、こんな痛みがずっと続くのが地獄なら、絶対にいやだ。痛みというのはそれほど辛いものだと思い知りました。本当にただ寝ているしかないのですから、自宅でも変わらないだろうということで、退院して自宅療養に切り替えることにしました。

寂庵へ帰ると、どこかで私が倒れたという噂を聞きつけた方々が、たくさん見舞いに来てくださいました。いろいろな治療法を紹介されたのですが、残念ながら痛みはおさまりません。

そこで、あらためて別のお医者さんのもとで精密検査を受けたところ、背骨の下から三番目の骨、第三腰椎の圧迫骨折だと診断されました。先生も「安静にして寝ていれば、元どおり歩けるようになります」とおっしゃいました。はじめの処置がよくなかったため、普通なら三カ月ですむところ、私の場合は六カ月は寝ていなければならないといいます。

半年も寝ているだけという宣告もショックでしたが、何より驚いたのは、先生から「お歳ですから」と言われたことです。白内障のときにもたしかに自分の年齢を感じましたが、このときあらためて八十八歳という年齢を突きつけられました。「老い」を心底、実感したのは、これが初めてだったと言えるでしょう。

現実的には、これから仕事をどうしようというのも問題でした。ずっと先まで埋まっていた講演の予定をキャンセルしなければなりません。主催者の皆さんにはご迷惑をおかけしてしまい、楽しみにしてくださっていた皆さんにも本当に申し訳ない思いでした。私はとにかく早く復帰することが大切だと思い、先生の言うとおり、じっと半年寝ている覚悟を決めました。

実際、ときどきＭＲＩ（磁気共鳴撮影法）を撮ると、新しい骨ができているのがわかり、痛みも少しずつ弱まっているように思えました。はじめはトイレにも行けず、ベッドの横のポータブルトイレで用を足していました。これは本当にいやでした。それが歩行器を使ってトイレに行けるようになってきたのです。

東日本大震災後、リハビリ半ばで被災地へ

寝たきり生活半年まで、あと一月になろうというとき、二〇一一年三月十一日、東日本大震災が起こりました。東北の大津波、そして福島の原発事故のニュースを知ったときには、いてもたってもいられなくなりました。

私はそれまで、全国どこでも大きな災害が起こると、すぐに現地に駆けつけていました。避難所をお見舞いし、義援金を届け、被災者の皆さんの話し相手になることが出家者としての義務だと考えているからです。まして東北は私にとって第二の故郷ともいえる場所です。六十四歳のとき、岩手県浄法寺町《じょうほうじまち》（現・岩手県二戸《にのへ》市浄法寺町）の天台寺の住職になり、荒れ果てていたお寺を、自費を投じて再興しました。以来、毎月のように通い続けて説法を行ってきました。

一刻も早く駆けつけたい。なのに自分の足で歩けない。もどかしい思いをしながら、寂庵の廊下で歩行器に入って歩く練習を始めました。途中、派手に転んで、前より痛くなり涙したこともありましたが、何としても歩きたいという思いのほうが勝っていました。絶望なんてしている暇はありません。

このときばかりは、スタッフも私を止めませんでした。止めても聞かないとわかっていたのでしょう。「私にはまだ、なすべきことがある」という思いに突き動かされて、六月には久々に天台寺で法話をすることができました。その後、多くの被災地を回り、仮設住宅を訪問しては、被災者の皆さんと膝を交えてお話ししました。

私は「観音さまに見放されたか」と思うような寝たきりの状態から復活し、自分の足で被災地に赴くことができました。世の中には、絶望するほどどん底に突き落とされることもありますが、どん底はいつまでも続くものではありません。

お釈迦さまの教えの根本にあるのは「無常」という考え方です。すべては常に移り変わっているのであり、いいことも悪いことも、永久に続くことはありません。悲しいことも辛いことも、必ず終わりは来る。きっと希望が見えてきます。

八十八歳にして初めての寝たきり生活を通じて、私自身、絶望の中から希望を見出すという経験をすることができました。「無常」という言葉が、概念ではなく実感として身にしみました。どんな絶望の中にあっても、希望を見出すのが人間のもつ力であることを、多くの皆さんに伝えていきたい。そう思わせてくれたのもまた観音さまの計らいなのでしょう。

ペンを握れなかった闘病の日々

圧迫骨折から復活した後、すっかり元気になった私は、また忙しく全国を飛び回っていました。元どおりの私に戻れたのだと思い込んでいましたが、やはり無理が積もり積もっていったのでしょう。すでに九十歳を超えた私は、元の私などではなかったのです。

二〇一四年五月十五日、九十二歳の誕生日を迎えた二週間後、背中と腰に突然の痛みが走りました。

お医者さんで診断を受けたところ、前回とは別の部位の腰椎の圧迫骨折でした。先生はやはり安静に寝ていることを勧められましたが、今回は寝たきりは避けたいと思っていました。そこで「骨セメント注入療法」を受けたいと申し出ました。

二〇一二年に、先日、一〇五歳で亡くなられた日野原重明先生（聖路加国際病院理事長・当時）、京都・武田病院の武田隆男会長と鼎談《ていだん》した際、おふたりとも圧迫骨折を骨セメント注入療法ですぐに治したとおっしゃったのです。安静にして治す方法は「古い」のだそうです。お二人に笑われてしまいました。

しかし、骨セメント注入療法には全身麻酔が必要だと聞いたとたん、怖くなって、やはり安静にして治すことにしました。前回同様、コルセットをつけて一カ月ほど寝ていたところ、痛みがおさまってきたため、自宅療養に切り替えることにして退院しました。

寂庵に戻って仕事を少しずつ再開しようとしましたが、痛みはおさまりませんでした。椅子に腰掛けることもできないほどの痛みが続きました。武田会長にお電話したところ、すぐに救急車で武田病院に入院ということになりました。武田病院では部分麻酔でセメント療法を受けることができるとわかり、翌日すぐその手術をしました。手術は三十分ほどであっけなく終わり、本当にすぐに歩くことができたのです。

これで終わったかと思いきや、腰の痛みがなくなりません。圧迫骨折はセメント療法で治っているのですが、どうも骨折したところではなく、別の箇所が痛むのです。痛みを止めるブロック注射も効きません。

私は痛みのせいで何もできなくなりました。食も細くなり、やせ細っていきました。日に日にやつれていく自分の姿をだれにも見られたくなくて、お見舞いをすべて断りました。何より辛かったのは、手がしびれてしまい、ペンを持つことさえできなくなったことです。

またしても観音さまに辛いめにあわされているのか。あまりの痛さに涙を流すこともありました。今回こそは、このまま寝たきりになってしまうのではないか。それなら死んだほうがマシ。本気でそう考えたこともあります。

そんな中、検査をしていて、胆嚢にガンが見つかりました。でも、不思議に平然と受け止めることができました。私のたったひとりの姉は六十六歳のとき、ガンで亡くなりました。父も、ガンと脳溢血で亡くなっています。周りにもガンと闘った友人はたくさんいます。ついに私の順番が来たかといった思いでした。ガンはかつてのように不治の病ではありません。私が子どものころは結核が不治の病でしたが、今ではガンも治る病気のひとつになっています。

そして、すぐに摘出手術をお願いしました。高齢になると体の負担が大きいため、手術をしない人も多いそうです。お腹に三つ穴を開ける腹腔鏡《ふくくうきょう》手術で、胆嚢を摘出してくれました。

怖かった全身麻酔も、実際はとても心地よいものでした。死を迎えるときには、こんなふうに意識を失っていくのかもしれないと思いました。気がついたら手術は終わっていました。手術後、腰の痛みも楽になってきたため、一週間ほどで退院し、寂庵に戻ることができました。

楽しみを見つけたら、病床の鬱が吹き飛んだ

二度目に寝たきりになった九十二歳のとき、あまりに腰の痛い日々が続くものですから、次第にひどく気が滅入るようになってしまいました。

もともと人一倍、楽観的で、落ち込むことなど少なく、仮に落ち込んでも、すぐに起き上がるのが私の強みでした。しかし、これぞ地獄の責め苦かと思うほどの絶え間ない痛みに、性格まで変わってしまいそうでした。ああ、これが鬱《うつ》というものか！　私は九

十二歳にして初めて、鬱を体験したのです。

それまで私は多くの人から人生相談を受けてきました。私など比べものにならないほど辛い思いをされている方もたくさんいらっしゃいます。そんな方々に対して、私は「辛さ」や「痛み」をわかったような気になって、偉そうに答えていたのです。実際は何もわかっていなかったのですね。

私は本当の人の苦しみなど何も知りませんでした。自分で痛みを感じてみて、思い知らされました。そして知りもせずに苦しみについて語っていたことを恥ずかしく思いました。

九十二歳にして「神も仏もないのか」と思うほどの痛みを延々と味わうことで、私は人並みに、苦しみを知ることができました。もっと大変な思いを、もっと長期間されている方もたくさんいるのだと想像することもできました。

まだまだ不完全な僧侶である私に、観音さまが新しいチャレンジを通じて学ぶ機会をくださったのかもしれません。人間、九十五歳になっても、まだまだ伸びシロはたっぷりあるのです。そう謙虚に受け止めることにしました。

鬱から抜け出すために、私は何か楽しみを見つけようと思いました。

八十八歳、一度目の寝たきりのときは、リハビリ半ばで東日本大震災が起こり、被災地に飛んでいきたいという衝動に突き動かされました。そして、二度目の寝たきりを経験したとき、「句集」を作りたいと思いました。私はこれまで多くの小説やエッセイ、対談集などを出版してきました。しかし、句集は一冊も出していません。寂庵で毎月、黒田杏子《ももこ》さんの主催で句会をやっていたこともありましたが、忙しさのため、私は続きませんでした。

しかし、いまどき私の句集なんて売れません。そこで、大手の出版社から出してもらうのはやめて、自費出版にすることにしました。「句集を編もう」。そう決意しただけで、気持ちがウキウキしてきました。新しいことに挑戦するワクワク感の前に、いつのまにか鬱は吹き飛んでいました。

こうして二〇一七年五月、句集『ひとり』（深夜叢書社《しんやそうしょしゃ》）は完成しました。私の伝記『寂聴伝 良夜玲瓏《りょうやれいろう》』『続・寂聴伝 拈華微笑《ねんげみしょう》』（共に白水社）と、二冊も書き上げてくれた深夜叢書社の齋藤愼爾《さいとうしんじ》さんにまとめていただきました。

小説のように自信はないので、自費出版にしました。出来上がるまでわくわくし、出来上がったら心がひりひりして、全身の細胞がわっと声をあげそうでした。嬉しさがこみあげ、鬱《うつ》など追っ払ってしまいました。

おいしいものを食べ、おいしいお酒を飲む。情熱をもって取り組める、自分らしい楽しみを見つけ、一日一日を大切に生きていく。九十五歳にしてまだまだ不完全な人間として、これからも挑戦し、成長していければ嬉しいですね。

いただいた命だから、大切に生きる

人は病・老い・死を自分の思いどおりにできませんが、生まれもまた自分で決めることはできません。自分の命は自分の意思で生み出したものではなく、授かったものです。男女が出会い、何億もの精子のうちたったひとつが卵子と結ばれて生命が生まれます。その奇跡的で神秘的な確率の受精によって、私たちは生を受けました。これだけでも命は非常に貴重で、かけがえのないものであることが、身にも心にもしみとおります。

無事に生まれたにしても、人は生まれた瞬間、死に向かって歩み始めます。生まれてすぐ死ぬ子もいれば、幼くして病で亡くなる子もいます。病気や事故、災害など、人の命を奪う原因はあまりにたくさんあります。仮に八十歳、九十歳まで生き延びたとしても、いつかは必ず死んでしまうのです。

私たちはついつい、自分の命や人生を自分のもののように思ってしまいますが、それは傲慢というものです。命そのものがいただいたものであるのに加えて、人生もまた、何かによって生かされているのです。

では、人生はまったく思いどおりにならないかといえば、そんなことはありません。良い方向であれ、悪い方向であれ、自分で自分の人生の行手《ゆくて》を変えていくことができます。ただし、百パーセント思いどおりにはならないのだと知っておくことは大切です。失敗したり、災難にみまわれることは、だれにでもあるのです。

いつ終わるかもしれない人生だからこそ、一日一日、一瞬一瞬を大切に生きたいものです。後になって「ああすればよかった」と悔やんだときに身体がすでに動かないのでは、悲しいではありませんか。

『一夜賢者の偈《げ》』というお経があります。

過去を追ってはならぬ。未来を願ってはならぬ。
過去はすでに捨てられ、未来はまだ来ていない。

すでに過ぎ去ったことを思い悩んだところで、変えることはできません。未来を思い描いたところで、そのとおりになるとは限りません。もちろん、過去の成功や失敗から学んだり、将来の計画を立ててこそ人間でしょう。しかし、過去にとらわれすぎると、可能性の幅が狭まってしまいます。未来に勝手に期待しても裏切られるかもしれませんし、逆に悲観的になりすぎれば前に進めません。過去や未来という幻に心を奪われることなく、今という尊い瞬間を懸命に生きることで、悔いのない人生を生き切ることができるのです。

「老後」と呼ばれるほど長生きできたとしたら、生きているだけで儲けものです。若いころから組織や世の中のしがらみに合わせて我慢を重ねてきたような人なら、老後は考え方を変えてみるのもいいかもしれません。せっかくいただいた人生なのですから、他人に合わせるのはほどほどにして、自分の人生を生きてもいいのではないでしょうか。

老人らしく生きる必要はありません。自分らしく生きれば、いつ人生が突然終わっても、悔いは残らないはずです。

私の理想の最期は、ここ寂庵で、小説を書きながら迎えたいですね。机の前でペンを握ったまま、机にうつ伏して、朝になって発見されるのです。原稿用紙には何が書かれているでしょう。原稿の途中で息絶えないよう、作家としての生を全うしたいですね。

ひとりじゃない。縁に生かされている

自分の命も人生も、自分のものではないと申しました。私たちはだれひとり、どんな家庭に生まれてくるのかを選ぶことはできません。両親を選ぶこともできません。思い

がけず病気になったり、いつのまにか皺だらけのお婆ちゃんになっていたり、自分の体も自由になりません。

心もそうです。好きになってはいけない人を好きになり、人のものを理不尽に奪ったり。いけないと言われているのに、食べすぎたり飲みすぎたり。自分の心を思うままにコントロールするのは至難の業《わざ》です。自分の心さえ、自分の手には負えないのです。他人の心が、思うようになると考えるほうが間違っています。どれほど愛おしい子どもも、愛しあった配偶者も、いつか離れていってしまうかもしれません。

このように考えると、私たちはだれも頼りにならない寂しい世界に生きているような気持ちになります。

では、私たちはひとり孤独に生きているのでしょうか？

人はひとりで生きられるのでしょうか？

ひとりで生きていると思っていても、実際はいろいろな人に支えられ、いろいろな出会いの中で生きています。私たちは「縁」に生かされているのです。

そもそも両親がいなければ、私たちは生まれてきません。家族、友だち、ご近所さん、同僚など、多くの人たちがいてこそ、私たちは生きていくことができます。私たちは自分をちっぽけな存在だと考えがちですが、あなたをとりまく「縁」は、あなたなしには成り立ちません。小さな編み目のほつれから、編み物全体が崩れてしまうように、だれもが大切な「縁」の一部、編み目のひとつなのです。

私自身について言えば、小説が売れたのは私の頑張りの成果というだけではありません。編集者をはじめとする出版社の方々、本の流通に関わる多くの方々、そして読者の皆さんなど、たくさんの縁が重なり合って、小説が読まれ、売れているのです。

縁には目に見えるものもあれば、見えないものもあります。良い縁ばかりではなく、悪い縁もあります。いずれにせよ私たちは、全く孤独な存在ではなく、ひとりで生きられるわけでもなく、不思議な縁によって生かされているのです。

死ぬのは怖くないですか？

「あの世のガイドブック」があれば怖くない

私は法話などの席で、いろいろな質問を受けます。何でも知っていると思われているのでしょうか。それとも何か面白いことを言ってくれると期待されているのでしょうか。

困ってしまうのは、

「死んだらどうなるんでしょう？」

「あの世はありますか？」

「先に亡くなった人にあの世で会えますか？」

といった質問です。しかも必ずのように毎度聞かれます。

九十五歳まで生きてきた小説家として、良いことも悪いことも、並の人さまよりは多くのことを経験してきたつもりです。近年はいろいろな病気をし、寝たきりになり、手術も受けました。こうして歳をとっても新しいことに挑戦し、経験値を上げていけるのを、私は楽しみにしています。そんな私でもさすがに「死」だけは経験したことがありません。

小説家ですからいろいろと想像を巡らすことはできますし、極楽や地獄については先人たちもいろいろなことを言っています。極楽の様子については「浄土三部経」というお経にもなっています。しかし、それは自分の経験ではありませんし、説得力のある答えになるとはとても思えません。

僧侶だから死後のことを知っているだろうと思われるかもしれませんが、実はもともと、仏教の教えに「死後の世界」などありませんでした。お釈迦さまは死後の世界について何も言われなかったのです。あの世や霊魂があるとも、ないとも言っておられません。それどころか、死後の世界や霊魂についてしつこく聞くマールンクヤという弟子に対して、「そんなことは役に立たないから答えない」と、はっきり断っています。

大切なのは、今この世で悩み苦しんでいる人を救うことであり、死後の世界や霊魂といった、だれも知ることのできないことなど論じても無駄。だから答えないというのがお釈迦さまの真意です。


あの世や霊魂を否定する気はありませんが、見たことも感じたこともありません。ご先祖が見えたり、観音さまが夢枕に立ったりといった経験はないに等しいのです。しかし、だれもわからないし、きちんと答えてくれないからこそ、私に聞きたくなるのでしょう。どうしても、わからないからこそ不安なのですね。

だれもがいつかは「死」を迎えることは百パーセント確実です。しかし、それはいつかもわからないし、どんな感じなのかもわからない。そしてその先に何があるかもわからない。となれば、やはり怖いでしょう。スケジュールも行き先もわからない飛行機に無理やり放り込まれるようなものです。地図もガイドブックも持たされずに。どんな場所に行くのか、少しは教えてほしいと思う気持ちはわかります。あの世の地図、ガイドブックがあったらベストセラーですね。

霊魂については残念ながら、私にはよくわかりません。美輪明宏さんのような霊感の強い方にお任せしています。

ただ私はといえば、あの世がどうなっていようと、死ぬのは怖くありません。あの世で、みんな待っていてくれるのか、なんて想像するのは楽しいですが、本気でそう信じているわけではありません。おそらく何もないのではないでしょうか。死後の世界はともかく、今死んだところで後悔もありません。いつ仏さまが「その時」を決めてもいいように、日々を大切に生きればいいと考えています。

「無」の境地が近づいてきた?

死後の世界といえば、小説家の里見弴《さとみとん》先生のことが思い出されます。

里見先生は有島武郎《たけお》の弟さんですね。私が三十六歳のとき以来、三十年近くおつきあいさせていただきました。背は低かったけれど、とても素敵な人だったのです。きりっとしたイケメンで清潔感にあふれた方でした。男の粋というのは里見先生のような方だと思います。京都にいらしたら必ず大市《だいいち》のスッポンをご馳走してくださいました。里見先生はお金持ちのお坊ちゃんで、赤坂の芸者さんを奥さんにし、さらに別の芸者さんを愛人にしたりといった自由人でした。一緒に住んでいた愛人は、お良さんという方でした。

九十四歳で亡くなった里見先生に最後にお会いしたのは、雑誌の対談をしたときです。亡くなる前の年、九十三歳のとき、すでにお良さんにも先立たれていました。ちょうど今の私と同じくらいのお歳ですから、親しい人たちが次々に亡くなっていきます。対談をしたときに「死んだらどうなるんですか？」と私が聞いたら、こう答えられたのがとても印象に残っています。即座に、

「無だ」

「じゃ、お良さんにはお会いできないんですか？」

「会えるもんか。すべては無だ」

そうおっしゃったのです。この「無だ」という言葉を、近頃よく思い出します。極楽とか天国とか、いろいろな宗教が考え出してきましたが、本当は「無」ではないのか。人は「無」から縁によって生まれ、再び「無」に還っていくのではないか。最近そう思うようになりました。

「無」というと、何もなくて空っぽというイメージもありますが、すべてのものから解き放たれた自由な境地とも考えられます。私は出家によって世俗のしがらみから一度は自由になったはずですが、実際にはまだまだ世俗にどっぷり浸かっています。

歳をとることによって、体は不自由になりましたが、いろいろな病や苦しみを経験することで、心のほうは世俗的な欲やしがらみから少しずつ自由になっていく。自分らしく生きたいように生き切ることができるようになる。そんな気もいたします。

自分が「無」の境地に近づいてきた、などと厚かましいことを言うつもりはありません。しかし、「死」によって「無」に到達するというのは、私にとってしっくりくる死後の世界観です。

お骨はどうしたらいい？　仏壇は？　お墓は？

死は本人だけのものではありません。死んでしまった本人はもう何もわからないのでしょうが、親しければ親しいほど、残された者にとっては重い体験となります。そしてその体験は長く続きます。死後のことで、この世で現実的に悩まされるのは、残された人たちなのです。

私のもとにも、ご遺族からさまざまな相談が寄せられます。


「嫁いだ先のお墓には入りたくない」

「お骨とずっと一緒にいたい」

「遺影の位置はどちら向きが正しい？」

「お墓の向きは？」

などなど……。

日本人は細かい決まりごとをつくるのが大好きですから、葬送の儀礼から、法事、お墓、仏壇まで、ありとあらゆるところに、さまざまなルールがあります。「こんな細かいことまで決まっているの？」と驚かれることも多いでしょう。さらに、仏教の宗派によっても大きく異なり、多くの人は戸惑います。

親しい人の「死」という出来事はごくまれにしか巡ってこないため、慣れている人などいません。葬儀屋さんや仏具屋さん、あるいはお坊さんに言われるがままに、なんとなく先祖代々の伝統とされるものを受け継いでいるのではないでしょうか。

そもそもお釈迦さまは死後の世界や霊魂について何も語りませんでした。ですから、もともとの仏教の教えには、葬式やお墓の決まりなどはありません。今でもそうですが、インドにはお墓をつくるという習慣もないのです。

だからといって今の日本の習慣を否定する気はありません。江戸時代以降、長きにわたって培われてきたのです。多くの人たちが思いを込め、共感を寄せてきたのですから、もちろん重い意味はあるのです。ただ、古いしきたりが、残された人たちにとって、あまりに負担に感じたり、受け入れがたいものであれば、縛られる必要はないと思います。

お墓も仏壇も、あなたの好きにすればいいのです。そこに亡くなった人を偲ぶ気持ちが込められていれば、したいようにすればいい。私は常々そうアドバイスしています。

少しルールを変えたぐらいで「たたりがある」などと言う人がいたら、それこそ仏教に反しています。お釈迦さまは、呪いやたたりといった超自然的な力は否定されました。証拠がないことをいいことに、恐怖で人の心を操るなんて、仏の道につかえる者のすることとは思えません。

ただ、お寺も大変だというのはよくわかります。私が住職として再興を任された岩手県浄法寺町の天台寺は、奈良時代に建立されたとも伝えられる由緒あるお寺です。私が説法をするときには三千人、四千人といった人が集まりますし、寂聴のお寺として有名にもなりましたが、檀家は二十七軒しかありません。

私は町長さん直々の依頼を受け、檀家からも、町からも一銭ももらわずに、お寺を立て直しました。行ったこともない場所でしたから、仏縁だけに動かされて住職に就いたのです。

こうした縁を結ぶことができるお寺は、まだいいのです。地域全体が過疎化し、檀家がどんどん減っていき、寺では住職を継ぐ人もいなくなり、ひっそりと姿を消していくお寺がたくさんあるといいます。都会に何世代も住んでいると、もともとの菩提寺とのおつきあいはほとんどなくなりますから無理もありません。

一方で、私の説法には大勢の皆さんが集まり、お墓やお骨について、たくさんの質問が寄せられます。周りに聞けるお坊さんも、きちんと答えてくれるお坊さんもいないのでしょう。果たして、私でいいのでしょうか？　そう自問しながら、問われるがままにお答えし続けています。

私が出会った最高のお坊さん

歳をとると「人生とは？」「死とは？」とあらためて考えさせられることが増えます。周りの人たちに次々に先立たれることもありますし、病気で寝たきりになったりして、自問する時間が増えるからでしょう。

その相談相手として、かつてなら、日頃おつきあいのあるお寺のお坊さんがいたはずです。今もお寺にそうした役割を期待する声もあるようです。それに応えられるお坊さんはゼロとは言いません。しかし非常に少ないのではないでしょうか。だからといって、すぐれたお坊さんがいないわけではありません。立派なお坊さんの存在があるからこそ、私も同じ仏さまの子であることを誇らしく思っています。

私が出会った中で、もっとも尊敬しているお坊さんのひとりが、永平寺《えいへいじ》貫首《かんじゅ》を務められた宮崎奕保《みやざきえきほ》禅師《ぜんし》さまです。残念ながら二〇〇八年、百六歳で亡くなられました。

私は八十三歳のとき、百五歳だった猊下《げいか》と「合わせて百八十八歳」の対談をする機会にめぐまれました。猊下は生き仏さまそのものの高僧ですが、私のぶしつけな質問にも、清らかな笑みを浮かべながら飄々《ひょうひょう》とお答えになります。私はすっかりファンになってしまい、あれこれ長々とお話ししてしまいました。

猊下は一生不犯《ふぼん》を通されました。今の日本では、たいていの僧侶は結婚し、子をもうけます。私は、猊下のような僧侶に一度、生きているうちにお目にかかりたいと思っていました。

その端整なお顔立ちから見るに、若かりしころはきっとハンサムで女性にもモテたはずです。私は単刀直入に「危機はございませんでしたか？」とお聞きしました。猊下はこともなげにこうお答えになりました。

「一度あったな」

永平寺から里帰りした際、親類が集まって歓迎会を開いてくださったそうです。その場で着物を着た可愛らしい娘さんがせっせと猊下を接待するのを見て、「これは見合いの席が設けられたな」と察しました。そこでトイレに行くふりをして、そのまま永平寺に逃げ帰ったといいます。

「可愛らしかったので、やばいと思って逃げた」

そう淡々と語られた猊下に、一生不犯を守ることができた理由を問うと、

「お釈迦さまがするなとおっしゃっていられるから」

私は猊下には遠く及ばない破戒坊主ですが、お釈迦さまに守られているという感覚はよくわかりました。私自身、そのようにして男を断つことができたからです。

一生不犯を守った猊下ですが、なんとしてもお酒とタバコは大好きだったそうです。立派な破戒です。お酒はどうにかやめられたのですが、どうしてもタバコだけはやめられず、三十歳のとき、ついに御本尊の前に行って誓いました。

「今度吸ったら命を奪ってください」

そう誓ったら命が惜しくなり、やめることができたそうです。規則違反など一切しなさそうな猊下も、はじめから従順だったわけではないのです。そう知ってホッとしたことを覚えています。

二度目にお会いしたとき、お数珠《じゅず》をいただきました。はじめは新品をくださろうとしたのですが、猊下がされていた古い数珠を、その場ではずしていただいたものです。今でも大切に使わせていただいています。宮崎猊下にお会いできたことで、日本のお坊さんもまだまだ大丈夫だなと思いました。多くのお弟子さんたちの中には、遺志を継がれる方もいらっしゃるのではないでしょうか。

若い人たちから元気をいただく喜び

寂庵で行っている定例の法話では、毎回、百五十名ほどの前でお話をさせていただきます。執筆などで多少疲れていても、法話のときの私は元気です。一時間でも、二時間でも、立ちっぱなしでノンストップ。きっと、そのときだけ観音さまが下りてきて、私を支えてくださっているのだと思います。

天台寺の青空法話では五千人規模の人たちを前に話すこともあります。老若男女、五千人を満足させる話をするのは至難の業でしょう。中には日本語のわからない外国人もいたりします。それでも皆が笑顔になっていくのですから、私だけの力とは思えません。

以前は「法話をするたびにエネルギーを吸い取られて消耗しちゃう」と感じていたこともあります。しかし逆に五千人の方から私一人に「エネルギーをいただいているのだ」と考えるようになりました。五千人にエネルギーを吸い取られるのと、いただくのとでは大違いです。受け取り方を変えただけで、私はますます元気に法話に臨めるようになりました。

ふだんの人づきあいでも、体力の許すかぎり、いろいろな種類の人たちと積極的に交わるようにしています。だれだって同じくらいの世代の人たちと一緒にいるのが心地良いものです。しかし、私は二十代の若者とだって話したいし、イベントで盛り上がりたい。最近の若い人たちは、私を「寂聴さん」ではなく「ジャッキー」と呼んでいるそうですよ。

今の日本の教育はひどいと思いますし、そんな中で育つ子どもたちの将来は心底心配です。それでも若者たちのイベントに出かけていくと、きちんと考え、表現する子たち、世の中を変えていきたいという子たちがたくさんいることがわかります。現場に出かけていくことで希望を見出すことができるのです。

自宅でニュースだけを見て、価値観の似た者同士で「最近の若者は……」なんて愚痴を言い合っているだけでは、何も変わりません。むしろ希望を見出せず、世の中と向き合うのが辛くなる一方です。積極的に若者たちと交わることで、得られる希望も多いですし、何よりエネルギーをもらえます。長生きの秘訣なんて特にないと思っていましたが、これこそ「秘訣」と言えるかもしれませんね。

悪くなっていく世の中に、どう向き合う？

長い間生きていますと、「世の中がどんどん悪くなっていく」と感じることが増えてきます。「昔はよかった」という単なるノスタルジーではなく、実際、世の中はどんどん悪い方向に向かっていると感じています。

もちろん、いいこともたくさんあります。そもそも医学が進歩し、栄養状態や衛生状態が劇的に改善したからこそ、日本人は、世界一長生きできるようになりました。最近でこそ浮き沈みはありますが、世界のさまざまな国々と比べれば、経済的にも恵まれています。しかし、そんな日本の良さを覆い隠してしまうような辛い出来事が相次いでいます。

動機のはっきりわからない凶悪な無差別殺人事件、子どもたちの自殺、消費者を裏切る企業の不祥事、福島の原発事故のその後、「戦前」を感じさせるような政治の動きなど、いくらでも例をあげられます。こうしたことを見て見ないふりをし、世の中に背を向けて生きていくこともできるでしょう。すでに定年退職した身分なら、年金をもらいながら、見たいものだけを見て、そのまま逃げ切ることもできそうです。

自分ひとりが向き合ったところで、何かが変わるわけはでない。そう考えると、世の中の動きに抗うことが虚しく思えるのもわかります。しかし私には、どうしても自分だけ幸せになるということができません。自分は先に死んでしまいますが、これから子や孫が生きていく世界がどうなってしまうのか、やはり心配でならないのです。

今、高齢者となっている世代の方々は、かつて日本に激しい反政府運動、反戦運動、反核運動、反米運動があったことをご存じのはずです。自ら参加したり、シンパシーを感じていた方も多いでしょう。

私ほどの歳ともなれば、「戦前」の空気も昨日のことのように覚えているのではないでしょうか。だれも戦争が起こるなどとは考えていなかったのに、いったいなぜあんなことになってしまったのでしょう？　当時わからなかったことも、今では少し調べれば、多くのことが明らかになっています。

私たち高齢者は、もはや現役世代ほどハードに働くことはできませんし、生産的な仕事に関わる機会は減っていきます。しかし一方で、過去の豊富な経験という、お金を出しても決して買えない財産を持っています。逆に言えば、豊富な経験だけが、高齢者が社会に貢献できる武器ではないでしょうか。あきらかに悪い方向に向かいつつある世の中について警鐘を鳴らすことこそ、私たち高齢者の使命だと、私は信じています。

どんな行動をするかについては、一人ひとりのスタイルがあると思います。私は幸い、まだまだメディアに露出する機会が多いため、おかしな政治の動きには積極的に声を上げることにしています。体力が許すかぎりデモや集会にも参加してきました。そして、新聞・雑誌・テレビといったマスメディアでは伝えられない、普通の人たちの声をたくさん聞き、議論するのも大好きです。

歳をとると、頭が固くなり、どうしても独りよがりになりがちです。そうなるのを避けるため、できるだけいろいろな種類の人たちと接することが大切だと考えています。

人は見たいものだけを見て、自分の都合のいい情報だけを信じる傾向があります。そこで、私が頼りにしているのは、池上彰さんのようなフラットな視点で情報を提供してくれるジャーナリストです。

池上さんはただ物知りなだけでなく、自分で現地に行って取材し、ご自身の言葉で、私のような門外漢にもわかりやすく説明してくださいます。そして偏らない視点で、わかりやすく情報を差し出して、「さあ材料は揃いました。考えて判断するのはあなたですよ」というスタイルでお話しされます。新聞やテレビのニュースでわからないことがある時、「池上さんに聞いてみよう」と私は思うようになっています。

第2章

「トランプ大統領で、日米関係はどうなりますか？」

寂聴さんが池上さんに聞きました。

二つに引き裂かれたアメリカ

池上　前回お会いしたのは六年前でしたよね。

寂聴　二〇一一年、東日本大震災の後でしたね。

池上　震災があって、これからどう生きていけばいいんだろうと、みんなが不安にかられていました。そんなときこそ瀬戸内さんにお話を伺おうという、出版社の企画でした。

寂聴　私の話なんて……。池上さんにお会いするときには、「どうか教えてください」という気持ちなんですよ。毎日毎日、世界のどこかで何かが起こっていて、どういう心構えで生きていけばいいのかわからない。だから、何かあると池上さんに聞きたくなります。日ごろからニュースでわからないことがあったら、「池上さんは何ておっしゃるかしら？」って、テレビの番組を拝見するんですよ。池上さんはもう国民の先生みたいじゃないですか。

池上　いや、たしかに私はニュースの解説はできるかもしれませんが、生き方についての解説はできません。そこはやはり大先輩にお伺いしたいと思って、本日も参りました。そういえば、しばらく体調を崩されてらっしゃいましたね。

寂聴　崩したどころじゃなくて、もう老衰です。これはもう仕方がないですね。九十五歳ですもの。

池上　その元気さは、どこから来るんですか？

寂聴　いや、もう元気じゃないですよ。本当に。今や、よぼよぼです（笑）。

池上　瀬戸内さんは今こうして庵にお住まいですけど、世界のニュースや日本のニュースで、気になることってございます？

寂聴　今日お会いしたら、まず伺いたいことがありましたね。アメリカの大統領が代わりましたね。アメリカに住んでるお友だちなんて、電話口で泣いちゃったんですよ。これからどうしようって。私はずっと日本にいますから、ピンと来ない。泣くほどのことかなと思うんです。でも実際どうなるんでしょうね？　まさかと思ってたことが現実になりましたものね。

池上　泣きながら電話されてきた方は、おそらくニューヨークかカリフォルニアか、どちらかにお住まいじゃないですか？

寂聴　はい、ニューヨークです。

池上　同じアメリカでも、東海岸・西海岸の人たちは、まさかこんなことになるなんて、と嘆いていています。気分が悪くなって病院に行ったという人も大勢います。一方で、アメリカ中部には、大喜びしてる人が結構いるんですよ。

寂聴　アメリカは広いですからね。

池上　ええ、面積も広いですし、考え方の面でも。今回の大統領選で、アメリカは二つに分かれてしまったと思います。

寂聴　二つのアメリカですか？

池上　日本にいると、アメリカのニュースはニューヨークのテレビ局や新聞社から入ってきますよね。でもそれはアメリカの一つの側面でしかないことが多いんです。

寂聴　孫とひ孫がずっとニューヨークにいるんですよ。女の子の孫がおりまして、それが弁護士。

池上　アメリカで弁護士？　大変じゃないですか。
寂聴　二つの州の。
池上　州ごとに弁護士資格を取らなければいけないでしょ？
寂聴　はい。だから大変だったらしいです。
池上　最近のトランプさんのことについて、お孫さんからお話聞いたりします？
寂聴　いえ、滅多に電話もしませんし、私がぐちゃぐちゃ言ったら、ただでさえ忙しいのに大変だろうと思って遠慮してるんですよ。
池上　トランプさんって、選挙中に大変な暴言を吐いたり、女性差別的なことを言ったりして、まさかこんな人が大統領に選ばれるなんてと思われてましたよね。
寂聴　ああいう暴言はどうなるんですか。言ってしまったものは、済んだことだから、もういいんですかね。
池上　なぜかあの人だと、それで済まされちゃうんですよね。普通の政治家なら、一言言っただけでおしまいでしょう。

「炎上大統領」はなぜ支持されている？

寂聴 私もおしゃべりという点では、人のことは言えなくて（笑）。考えなしにしゃべるものだから、いつも怒られてますよ。

池上 そういえば瀬戸内さんも最近、発言を巡ってニュースになってましたね。

寂聴 そうなんですよ。「エンジョウ」というんですか。

池上 炎上？

寂聴 そう、人に会う度、「エンジョウ」してたわね、なんて言われまして。

池上 瀬戸内さんがおっしゃったから炎上したのかもしれませんね。

寂聴 でも九十過ぎて炎上するなんて、むしろ非常に誇らしいことですって（笑）。

池上 なるほど、確かに。燃えるだけのものを持っているというわけですね。それにしてもアメリカの大統領の暴言の数々、知的な感じがしないでしょ。

反知性主義っていう言葉がありますよね。ちゃんとした教養にもとづいた知的な発言を、あえてしない。わざと汚い言葉で相手を罵ったりします。それがかえってウケるという土壌、風土がアメリカにはあります。

寂聴　それはアメリカだけでしょうか。

池上　もちろんアメリカだけとは一概には言えないですけど、アメリカの場合は特に目立つんです。たとえばインテリの、上から目線での発言に対する反発は大きいんです。ヒラリー・クリントンさんも大変な教養人ですし、オバマ大統領はそれはそれは教養人。教養のある人ばかりが目立つと、それに対する反感が生まれます。

寂聴　反感を持つ人のほうが多いでしょ？　向こうはね。

池上　多いんです。そうなんです。

寂聴　日本は国民のほとんどが、教養というほどではないにしても、いちおう一通りの知識は持っている。アメリカはそうでもないのよね？

池上　はい。やっぱりみんなが読み書きできて、きちんとした認識力を持っている日本は、それは素晴らしいと思います。

寂聴　素晴らしいですね。

池上　アメリカの場合は、ちょっときれいごとを言ったり、上から目線のことを言ったりする人に対して、「なんだよ、あいつ」というような反感が生まれます。そんな中で、ドナルド・トランプがずけずけとストレートに発言すると、「あ、自分たちの思いを代弁してくれてる。この人ならわれわれの気持ちがわかってくれるんじゃないか」と思われるところがありますね。

寂聴　トランプという人は、それも全部わかってて、わざと言ってるんじゃないですか。

池上　そのとおりなんです。まったくそのとおりです。ですからたとえばメディアが「この前こんなこと言ってただろう」と追及すると、「そんなことは言ってない」って平然と否定するんです。「いやいや、証拠が残ってる。言ってるでしょ」と証拠を突きつけても、「いや、俺は言ってない」。それがそのまま通っちゃうんですよね。

寂聴　すごいですね。でもわたし、どこか似ている（笑）。

「アメリカ・ファースト」で日本はどうなる？

池上 トランプ大統領になっちゃうと、日本はどうなるんだろうって、やっぱり心配されてらっしゃいますか。

寂聴 ええ、心配でしたね。でもマスコミによると、といっても、週刊誌ですけどね。

池上 週刊誌、読んでらっしゃるんですね。

寂聴 何でも読むんですよ。近頃よく病気で寝こむので、ベッドで読むのは週刊誌が軽くていい。ついつい全部読むんです。そうするとトランプに対する書き方も、今はとてもいいように書いてますよ。大統領になったときは、もう悪口だらけでしたけど、今はなぜか、いいようにいいように書いてるんです。

池上 どんな週刊誌を読んでるかわかりました、今ので。はっきり分かれるんですよ、週刊誌って。ほら、やっぱり売れなきゃいけないから、「トランプ大統領になって心配だ、心配だ」って言ってる週刊誌があれば、逆張りを狙う。

「トランプでよかったんじゃないか」っていう週刊誌も出てきてる。みんなあえて逆張りをしてるんだと考えていいと思いますよ。

寂聴　トランプは「アメリカを昔のように強いアメリカにしたい」「世界一にしたい」って言ってるでしょ。ほんとにそうなったら、もう日本なんて、気がついたらアメリカの州になってて、一部は中国の省になって……。そんなふうになりかねないと思いますね。日本はほんとに成り立っていくんでしょうかね？　この状態で。

池上　でも、これまでだって、日本は「アメリカの五十一番目の州だ」なんて揶揄《やゆ》されたこともありますでしょ。だからトランプさんが「アメリカさえよければいい」という方針を貫くとすると、「日本はアメリカにべったりのままではいけないんじゃないか」という声も出てくると思うんです。

寂聴　第一、日本に兵隊を随分やってるから、その費用は日本が出せなんて言ってるでしょ。それは日本は出せませんわね。じゃ、お金を出さないなら、軍隊を引き揚げるよって言う。すると「ああ、いなくなってよかった」ということにもなります。実際どうなんですか？

池上　沖縄の中には「これでアメリカ軍が引き揚げてくれればいいじゃないか」と歓迎する声もありますよね。

寂聴　やっぱりそうなんですね。確信はなかったんですけど、歓迎している人もいるんじゃないかなと思ってたんですよ。

池上　もちろんいます。トランプ大統領が当選したとき、沖縄県の翁長《おなが》知事がすぐに祝電を打ちました。つまりトランプ大統領によって沖縄の基地問題が大きく変わるんじゃないか、もっと言えば、アメリカ軍がいなくなるんじゃないかということを、沖縄の人たちは相当期待している面があります。

寂聴　私もすぐ思いました。これを機にアメリカ軍が引き揚げてくれたら、それでいいんじゃないかなと。だけど日本は、アメリカさんが沖縄にいないと本当に困るんですか？

沖縄の米軍基地がなくなると困る？ 困らない？

池上　（パンと手を叩いて）いい質問ですね（笑）。たいへんいい質問です。まさにそれが問題なんですよね。

たしかに「アメリカ軍なんて必要ないじゃないか」という意見もあれば、安倍政権が言うように「沖縄にアメリカ軍がいてこそ抑止力になる」という意見もある。安倍政権は、中国や北朝鮮、周辺の国に対する抑止力になると考えているし、歴代の自民党政権もそう主張してきましたよね。

でもその一方で、本当にアメリカ軍がそこにいる必要があるのかという議論はもちろんあるんです。だからアメリカが「よその国のことなんて知らない」と言い始めたら、日本はどうするのか。日本独自の道を進むにはどうすればいいのか。まさに今年問われるんじゃないかと思うんですよね。

寂聴　で、池上さんはどう思われますか？

池上　やはり沖縄のアメリカ軍基地問題は、今のままでいいわけがない。少なくとも縮小の方向にせざるをえない。そうしなければ沖縄の人たちはやっていけませんよね。とはいえ、いきなり全部なくなると、突然、力の空白ができますから、周辺の関係が不安定になりかねない。少しずつ少しずつ緩やかに変化させていかなければいけない。どのように変化をさせるのか、これから考えていかなきゃいけないですよね。

寂聴　沖縄にも知り合いはいるんですけど、本当に沖縄の人たちは気の毒ですねえ。もう戦争中からとてもひどい目にあってばっかり。日本じゃないみたいですね。私たち、普段はやっぱり忘れていますよね。それで沖縄に旅行に行って楽しかったとか言ってるんですけど……。

池上　沖縄もリゾートに旅行で行くと、アメリカ軍基地なんて気にすることもない。南の島のきれいな海が広がっていて本当に楽しい。そこだけを見て帰っちゃう人いっぱいいるわけですよね。少し問題意識を持って、「ここには基地があるんだよ」と意識して行くと、まったく別の世界が広がってるんです。両方があって沖縄なんですけど、それがまったく別々に存在しているかのよう。どんな意識を持って沖縄を訪ねるかによって、まったく違う沖縄の印象を持って帰ってきますよね。

寂聴　私は基地に訪ねていったこともあるんですよ。だいぶ前ですけど。そのとき沖縄の人たちは「基地があるからわれわれは生きていかれる。だから、なくなったらやっぱり生活に困る」と言ってましたよ。

池上　それも最近だいぶ事情が変わってきてますね。もちろん今もそうおっしゃる方がいる一方で、「いや、アメリカ軍基地がなくなった後の再開発で、むしろ経済が発展してる部分もある」と言う人もいる。だから「基地があってこその沖縄」と言ってる人ももちろんいる一方で、「基地がない沖縄だってやっていけるんだ」と言う人もいるんです。

寂聴　でも基地があるために、女の子が向こうの兵隊に犯されるなんてことは許せないですよ。それも一度じゃないでしょ。何度も繰り返しある。やっぱり沖縄だけの問題じゃなくて、これは日本の問題ですよね。沖縄は日本なんだから。

池上　今のお話聞いてると、瀬戸内さんは京都の奥まった庵にお住まいでも、かなり最近のニュースには関心を持ってらっしゃるんですね。

寂聴　それはもう週刊誌でよく読んでますから（笑）。

「自分の国が一番」と世界中が言い始めた

池上　アメリカさえよければいいという主張をするトランプ大統領がこれだけ支持されてますでしょ。今世界中あちこちで「自分の国さえよければいい」という風潮が広がってる。その典型例だと思うんですよね。

寂聴　そうですね。原発のことを考えても、自分の国だけの問題じゃないでしょ。汚れた水がどこへ行っているのかということを考えたら、そんなこと言えないですよね。たしかに「自分の国さえよければいい」「自分のところさえよければいい」という風潮はありますね。それをもっと広げて言うと、日本でも「被災したところは気の毒だけど、ああ、自分のとこでなくてよかった」って。

池上　東日本大震災の後ですね。

寂聴　はい。それにかぎらず、今度の熊本の地震（二〇一六年四月）でもね、とにかく、

「ああ、自分のところでなくてよかった」という気持ちがあるんじゃないでしょうか。みんな自分のことしか考えてないんですよ、人間は。

池上　そもそも人間は？　「最近の日本は」じゃなくて、「そもそも人間は」というわけですか。

寂聴　そう思いますね。だから、それじゃいけませんよというので、宗教ができたり哲学があったりするんじゃないですかね。

池上　そもそも人間は「自分さえよければいい」と考えるのが普通だと。アメリカのトランプ現象も結局その表れということですかね。

寂聴　そうですね。だから自分のとこさえよければいい。

池上　アメリカのことで言えば、今の「アメリカさえよければいい」という主張に対しては、「これまでのアメリカはどうなっちゃったの？」って思いますでしょ。

寂聴　はい。

池上　でもその一方で、ちょっと歴史を遡《さかのぼ》ると、アメリカが世界のことに口を出す国じゃなかった時代もあるわけですよね。昔「モンロー主義」って習いましたでしょ。

寂聴　ええ、覚えています。

池上　モンロー主義というのは、かつてあった「アメリカさえよければいい」「アメリカのことに口を出すな」という時代の考え方です。たとえば第一次世界大戦が始まってヨーロッパで戦火が広がってても、アメリカは最初知らんぷりでしたよね。そしたらアメリカ人がたくさん乗っていた船がドイツの潜水艦に沈められちゃって、アメリカ国民が怒った。それではじめて戦争に参加しましたでしょ。あのときウィルソン大統領が「これからアメリカは世界のことにいろいろと協力していくんだ」と言って国際連盟を提唱したんですよ。

寂聴　国際連盟。懐かしいですね（笑）。

池上　懐かしいでしょ。国際連盟をつくると言ったら、議会に否決されましたよね。モンロー主義だったから、「アメリカはヨーロッパのことに口出すべきじゃない」と言って、国際連盟に参加しなかったんです。第二次世界大戦でも、ドイツがポーランドに侵攻し、フランスを占領するという状態になってても、アメリカはずっと傍観してましたよね。日本がハワイを攻撃して、そこではじめてアメリカ国民がいきり立って宣戦布告ということになりましたよね。結局、攻撃されて、はじめて外に出ていくというのが、長いアメリカの歴史なんですよね。

アメリカが世界中のことに口を出すようになったのは第二次世界大戦後なんです。言ってみればトランプさんは先祖返りかな。要は、昔アメリカはそんな世界のことなんか気にしてなかったんだから、その時代に戻ればいいじゃないかと。偉大なアメリカはそれでいいんだ、というふうに歴史の中に位置付けると、今が理解できるのかなと思うんですよね。

子どもたちにもっと教えてほしい、「日本の大きさ」

寂聴　もはやアメリカが一流じゃなくなったから、また昔のアメリカに戻すんだ、一番にするんだ、ってしきりに言うでしょ。それがトランプを支持している人たちには「うれしい」と思うポイントじゃないですか？

池上　そうですね。「Make America Great Again.」というのがスローガンでした。

寂聴　それにしてもなぜ、世界で一番とか二番とかにこだわるんだろうって思うんですね。私が小学生のころは「日本は世界の一等国だ」って、しきりに先生が言ったんです。

池上　懐かしいですね、一等国。今ではまったく聞かない言葉ですけど。たしかに昔は「日本は一等国なんだ」って言い方されてましたよね。

寂聴　そのころ「世界で三番」って言ってましたよ。一番はイギリスだったかしらね。二番はどこだったかしら。

池上　二番はアメリカじゃないですか。

寂聴　二番がアメリカね。三番は日本って言ってたんです。

池上　イギリス・アメリカ・日本でした？　あのころはイギリスが世界一だった。

寂聴　そうそう。そんなふうに教えられていました。あのころは「世界で三番」というのが、とても自慢だったんですよ。誇らしいことだと教えられてた。小学校のころね。

池上　わかります。

寂聴　今、トランプがしきりに「アメリカが衰えてるから、また一番にする」って言ってるでしょ。それが、あの人を支持してる人たちには喜ばれてるんでしょうね。

池上　今、イギリスでも、フランスでも、ドイツでも、「わが国が一番だ」という動きが広がってるんですよ。今ではこんなになっちゃったけど、昔の偉大なわが国を取り戻そうという。

寂聴　ドイツは思いそうですけどね。フランスなんかでもそうですか。

池上　ええ、イギリスもね。

寂聴　イギリスは長い間、一番だったでしょ。

池上　そうです。第二次世界大戦の後、アメリカより下になっちゃったわけです。でも昔は大英帝国。

寂聴　何でもかんでもイギリスでしたね。

池上　もともとは世界一という思いはやはりあるものです。

寂聴　でも今の日本の子どもたちは、日本が一番とか二番とか、誰もそんなこと考えてないでしょ。

池上　考えてないです。

寂聴　日本に対する誇りがないんですね。やっぱり、子どもたちが自分の国に誇りを持っていないと、今のようにだらしなくなるんじゃないかな。そう思うこともありますね。

池上　自分の国に誇りを持つのはもちろん大事なことなんですけど、どのように誇りを持つかというのはまた別の話でしょ。かつて日本は誇りを持とうとして変な道に行ってしまったこともあるわけです。でも一方で、まったく誇りを持たない国というのも、いかがなものかと思いますよね。

寂聴　でもね、地図を見ても、地球儀を見ても、日本は本当に小さい。小さいでしょ。子どもは愕然とするんじゃないですか。日本はこれだけ？　って。よその国は大きいじゃないですか（笑）。

池上　いや、それは、すぐ近くにユーラシア大陸があるから、小さく見えるだけです。日本の国土のサイズをヨーロッパに持っていくと、ヨーロッパでは大国なんですよ。面積で言うと。

寂聴　へぇ、そうなんですか？

池上　日本列島って細長いでしょ。しかも島が散らばっている。これを全部合わせて一つの塊にしてヨーロッパに持っていくと、ドイツより大きいんですよ。

寂聴　ええ⁉　ほんと？

池上　国連加盟国百九十三カ国の中で、面積で言うと六十番ぐらいなんですよ。

寂聴　知りませんでした。小指みたいに小さいと思ってた。

池上　真ん中より上なんです。

寂聴　へえー。そうですか。

池上　すぐ近くにものすごく大きな国があるから小さく見えるだけです。だから私はよく言うんです。日本列島をそのままヨーロッパに持っていってごらん。ほら、ヨーロッパでは大国なんだよって。

寂聴　子どもたちに教えたほうがいいですよ。そんなことだれも教えてくれないですもの。わたし、九十五歳ではじめて知った。

第3章

「長生きは、幸せですか？」

池上さんが寂聴さんに聞きました。

だれが百歳まで生きたいですか？

池上　少子化の一方で、高齢化も日本の抱える大きな問題です。

寂聴　九十歳を超えた私に会って、皆さん別れ際に「いつまでもお元気で」「百まで生きてくださいね」って言ってくださるのね。でも、だれが百まで生きたいですか？　だれがいつまでも生きられますか？　人間の長生きにも加減というものがあると思いますよ。今日はまだボケてませんよね、私。

池上　はい、大丈夫です。

寂聴　いや、ボケてるかもしれない。

池上　「百まで生きてください」ってことは、あと五年は生きてくださいということですね。五年でいいのかという（笑）。

寂聴　もうつくづく、ああ歳をとったなぁと思いますね。九十歳までは、そうは思わなかった。やっぱり九十というのは大きな境目でしたね。

池上　歳をとったというのは、どんなときに自覚されるんですか？
寂聴　昨日できていたことが、今日できないということがありますね。
池上　たとえば？
寂聴　たとえば、毎朝散歩するのが、長い間ずっと当たり前だったんです。それが今はとてもできない。庭に出るのも辛くって。動けないんですよ。
池上　今、日常生活はどうされてらっしゃいます？
寂聴　年がら年中、本を読んだり書いたり。それは変わりませんね。今は本を読めることが唯一の楽しみ。
池上　最近はどんな種類の本を読んでらっしゃるんです？
寂聴　おもしろそうだなと思ったら、すぐ注文します。本を送っていただくことも多いので、片っ端から読んでいます。
　すべての老人が健全に生きてるかというと、そうじゃないのね。若い人に迷惑をかけて生きてるんですよ。若い人はかわいそうですよ。だから人間は、ある程度、体力がなくなったら死んでいくべきなんです。

池上　平均寿命と健康寿命の差が問題ですよね。日本人の平均寿命は八十を超えましたが、不自由なく生きられる健康寿命は七十代です。本当は生きてる間はずっと元気でいたい。だから「ピンピンコロリ」という言葉があるんですよね。

寂聴　そう、ピンピンコロリがいいですね。自分の経験上、九十歳になったら、いくら元気といっても、何かしらマイナス面が出てきますね。私は九十歳が境目でした。

池上　いや、九十歳まで何も不都合なかったのがすごいですよね。

寂聴　あったんだけど、すぐ忘れちゃうの（笑）。覚えているのが九十歳以降。九十歳過ぎると、次から次へといろいろなところが弱ってきます。だから九十歳になる前に死ねたらいいわね。

池上　「シュウカツ」って言葉がありますよね。就職活動の「就活」と、いかに終わりを迎えるかという「終活」。多くの人が「終活」を考え始めています。

寂聴　一番大きな問題ですね。私はやっぱり、老人は早く死んであげないと、若い人がかわいそうだと思います。若い人が面倒見ないと「あいつは薄情だ」なんて言われるじゃないですか。だけど薄情じゃないの。年寄りの面倒なんて見られないですよ、今の若い人は。自分の生活も大変なんだから。だからやっぱり年寄りはさっさと死んであげなきゃいけない。だけど自殺はいけない。

池上 そこです。年寄りはさっさと死んだほうがいいと言って物議を醸した大臣もいましたけどね。

寂聴 じゃ私もまた……。

池上 また炎上しますよ（笑）。

寂聴 ああ。炎上ってやっぱり不愉快ですよね。この対談はそのまま表に出るから気をつけてと、さっき秘書に言われました。もう駄目だ（笑）。

わかりやすく伝えるプロ、池上彰の悩みとは？

池上 ちょっとフォローさせていただくと、最近、情報を受け取る側の読解力や理解力が落ちていると感じることが多いんですよ。そんなこと言うと、今度は私のほうが炎上しそうですけど。

寂聴　たしかに読解力は落ちていますね。

池上　たとえば、炎上してしまった寂聴さんの先日の発言です。死刑制度についての日弁連（日本弁護士連合会）のシンポジウムに、寂聴さんが「殺したがるばかどもと戦ってください」というメッセージを寄せました。その真意は、国家権力が人を死刑にしようとすることに対する反対です。

寂聴　もちろんそうですよ。

池上　文脈の中で意味をとらえればわかるのに、「殺したがるばか」という言葉だけが拡散され、一人歩きして取りざたされていました。

寂聴　文脈がわからないのね。というのは、文脈がわからないようにしてしまった教育が悪いんですよ。そこまで言いたかったけど、火に油を注ぐことになるから、もう言わなかったの。あ、今言っちゃったけど。

池上　あ、言っちゃった。

寂聴　最近感じたんですけど、言葉というのは移り変わるんですね。私たちには平安朝の言葉はわかりませんよね。そこまで遡らなくても、二十年もたったら言葉は変わってしまいます。身近なところで、私には六十六歳も若い秘書がいますし、他に女性スタッフが二人います。私にはもう彼女たちの言葉がわからないですし、彼女たちも私の言葉がわからないと言います。最近ずいぶん慣れて、だいぶお互いにわかるようになりましたけど。

池上 言葉については、私もちょっと悩んでいることがあるんです。「物事をわかりやすく、わかりやすく」という姿勢でずっとやってきましたが、それだけでいいのかなと。もちろんわかりやすく伝えるのは大事なんですけど、みんながわかりやすさばかりを重視していると、難解な言葉の言い回しや、それを読解する力、あえて苦労して理解しようとする力が失われていくんじゃないか。だとしたら、よくないなあと思うんですね。

寂聴 よくない傾向かもしれませんね。だいいち本を読まないですよね、今の人たちは。本を読まないから、文脈も読めないようになっちゃったんじゃないかしら。

池上 はい。もっと本を読めと。本を書いてる人がそう言っても、あまり説得力ないんですけどね。

寂聴　本も売れなくなりました。雑誌も売れなくなりました。読めばおもしろいんだから、もっと読んでくれればいいんだけどね。

自分だけが幸せでも、幸せとは言えない

池上　人生の終わりをどう迎えようと考えたときに、若い人に迷惑はかけちゃいけない、けれど自殺はいけない。では、どうすればいいですか？

寂聴　ボケるときは、自分の意思に関係なくボケますからね。それが私はとても不安でね。心配があるとしたらそれだけ。どんなに教養があろうが、頭がよかろうが、ボケる人はボケるんですよ。

池上　そうですね。

寂聴　あなたなんかもボケるんじゃない？

池上　(笑)。もう時々ボケを言ってますけどね。

寂聴　どんなに偉く見える人でもボケるの。

池上　先ほど「ボケるのだけが心配」とおっしゃいましたね。
寂聴　それだけが心配。
池上　つまり亡くなることにはもう不安はない？
寂聴　出家してますからね、亡くなるのはちっとも不安ではありません。
池上　死ぬことには不安はないけれど、自分の意思と関係ないところで認知症になることは不安なんですね？
寂聴　だって認知症になったら、周りに迷惑かけますもの。だから不安でたまらないんですよ。
池上　でも不思議な天の采配といいますか、認知症になった人は、死の不安がなくなりますよね。仏門に入ってる人は、死ぬことに対する恐れは抱かないのでしょうけど、煩悩だらけの一般人には、やはり死ぬことに対する不安、恐怖心があります。死期が近づいてくるのは、とても不安ですよね。でも認知症になってしまえば不安でなくなりますよね。
寂聴　だけど嫌ねえ。いくら不安がなくなっても。

池上　もちろん客観的には周りに迷惑をかけるかもしれないんですよ。でも本人は幸せですよね。

寂聴　いや、幸せじゃないのよ。私に言わせると。

池上　幸せじゃない？

寂聴　自分だけが幸せでも、それを幸せとは言わないんですよ。

池上　なるほど。

寂聴　周りも幸せでないと、幸せとは言えないんです。自分の周りだけが幸せでも、幸せとは言えない。日本だけでなく、世界中、行ったことのないような荒れ地にいる人も、全員が十分ご飯が食べられて、健康でいられる。病気になったら、ちゃんとお医者さんにかかれて、子どもはみんな学校に行ける。そうでなければ、本当の幸せじゃないんですよ。

私たちは今たっぷり食べられて、なんとなく幸せそうに過ごしてますけど、これは本当の幸せじゃないんですよ。本当の幸せというのは、自分だけのものじゃない。この地球上、世界中の、同じ時代に何かの縁で生きている人たちすべてが幸せでないと、幸せと言えない。

池上　トランプ大統領の「アメリカ・ファースト」じゃないですが、自分たちだけの幸は、幸せとは言えないと。

寂聴　言えません。

池上　みんなが幸せになってこそ、自分の幸せもあるということですよね。

寂聴　そうです。だから、地震があって津波に襲われた。でも、うちは山の上でよかった。それじゃいけないんです。どこかで地震が起こった。遠くでよかったと、喜ぶわけにはいかないの。

池上　いかないですよね。

寂聴　同じ時代、この地球に生まれているというのは、仏教で言えば縁ですよね。

池上　縁ですね。えにし。

寂聴　一緒に生きているすべてが幸せじゃないと、本当の幸せとは言えないんです。

池上　東日本大震災で多くの人たちが犠牲になったことを、それこそ我がことのように悲しみますよね。熊本で地震が起きて、あれだけの方々が亡くなれば、本当に辛く悲しいですよね。自分のこととして受け止めるべきなのでしょうね。

寂聴　そうですね。私は今、身体が利かなくなって、今回は熊本には行かれなかったけど、どこかで何かがあれば必ず飛んでいきました。行ったからといって何もできないんだけれど、私は小説を書くより按摩《あんま》がうまいの。だから「按摩してあげますよ」って言ったら、行列ができて（笑）。でも、それだけでもみんな喜んでくれるんですよ。寂聴さんが来て按摩してくれた。それだけのことで喜んでくれる。だから何もできないけれど、とにかく駆けつけました。ただ座って、グチを聞いてあげる。それで、みんな本当に喜んでくれるんですよ。小さなことでも行動に移すことが、やっぱり大事なんですね。

池上　でもそうやって大変な人のことを思うことはできても、みんなの幸せを実現するのは、とても難しいことですよね。

寂聴　だから絶対、戦争はいけない。原発はいけないし、要らない。だって人を不幸にするとわかっていることは避けたほうがいいでしょ？

幸せに長生きするために欠かせないものとは？

池上　先ほどのお話のように、たとえば認知症になってしまったら……なんて考えると、長生きって本当に幸せなことなのかと思ってしまいますね。

寂聴　幸せじゃないんです。

池上　ない？

寂聴　九十五歳の私が言うんだから間違いないです。今の時代なら、八十八歳で死ねば、まあ、幸せでしょうね。

池上　いや、だって九十五歳までいただいた命じゃないですか。

寂聴　いただいたものは仕方がないんです。悪いことしたから生かされてるのね。罰なのよ、これは。

池上　むしろ罰として？

寂聴　昔は走り回れるぐらい元気だったんですよ。今ではちょっと移動するにも車椅子でないと行かれない。だから旅行もできなくなったし、不便ですよ。不便ということは、やっぱり幸せじゃないですよね。身体が動かなくなるというのは、なってみないとわからないけど、辛いことですよ。心は動いても、身体が動かない。

池上 でも日々こうやって、いろいろ新鮮な刺激もありますでしょ。

寂聴 それほどでもないですよ。

池上 今日はどうですか？

寂聴 だって、うわー素敵！　ていう人じゃないもん。

池上 すみませんね、私で。少しは日々のアクセントぐらいにはなるかと思ってお邪魔したんですけど。

寂聴 でも今日は、とても楽しみにお待ちしてたんですよ。

池上 そんなに慌ててフォローされなくてもいいですよ（笑）。

寂聴 いろいろ聞きたいことがあっても、皆さんきちんと答えてくれないじゃないですか。だから、あなたにお会いしたら、あれも聞きたい、これも聞きたいって、いろいろ考えてたのに、すっかり忘れちゃうぐらい楽しかった。

池上　それはありがとうございます。私にだって聞きたいことがいっぱいあります。

寂聴　どうぞ、どうぞ。

池上　やっぱり「歳をとる」って何だろう？　「老い」って何だろう？　どう「老い」と向き合ったらいいんだろう？　ということですよね。

寂聴　昔はこんなに長生きしなかったから、亡くなるときには身内もわんわん泣いて、惜しみましたよね。だけど今は、そもそも家で死なないじゃないですか。

池上　病院や施設に入りますね。

寂聴　やっぱり、施設に入ってる人は、うれしくないらしいですよ。本当はおうちにいたいらしいの。だから、孝行な人はしょっちゅうお見舞いに行ってますね。でも、あまりお見舞いに行くと、周りに妬かれるんですって。

池上　あそこのうちは家族が見舞いに来るけど、うちは来ない、みたいな？

寂聴　そう。だから「そんなに来ないでいいですよ」って、わざわざ言われるんですって。

池上　それもなかなか辛いですねえ。

寂聴　そのくらいさみしいのね、病院や施設にいるのは。でも、おうちにいたら、家族が大変でしょ。私のように、以前はできたことができなくなると、病院や施設のお世話にならざるをえないじゃないですか。

池上　だからこそ、老いをどう迎えるかということを、今みんなが真剣に悩んでるわけですよね。

寂聴　ただ、私の場合はものを書いてきましたから、いろいろな楽しみもあります。週刊誌もよく読みますけど、自分の書いたものも、たまには読むんですよ。昔々書いた新聞小説なんか読むと、もうすっかり忘れてて、これがおもしろいの。次どうなるの？　この後どうなるの？　って（笑）。

池上　ご自分の小説でドキドキ、ワクワクしてる（笑）。

寂聴　よくこんなもの書いたわね、なんて感心したりしてね（笑）。そんな楽しみもありますからね。人さまのことはわからないけれど、皆さんそれぞれ独特の楽しみがあると思うのね。

池上　そういうことなんですね。御本の宣伝をされたのかと思った。

寂聴　違う、違う。

池上　長く生きてるからこそ、自分の人生振り返ってみると、いろんなドキドキ、ワクワクもあるということですね。

寂聴　そう、いろいろあったと。人には言わないけれども、あんなこともあったわよね、なんて。思い出に慰められることもあるでしょうね。

池上　やっぱり長生きしたからこその幸せも、不幸せもあるんですね。

寂聴　私のところにいるかわいい秘書に、おばあちゃんがいらっしゃるんですね。私よりちょっと若いくらいの。その方が縫い物がお上手で、とてもかわいいものを次々、縫ってるんです。あんまりかわいいものだから、みんなから「教えて」って言われて、教えてるんですって。そういう歳のとり方っていいですねえ。

池上　そうですよね。

寂聴　本当にお上手なんですよ。だから歳をとっても、死ぬまで自分の慰めになるものを持ってることが幸せじゃないでしょうか。

池上　ですよね。たとえば瀬戸内さんが小説を読むというのも慰めになっていますし、自分の来《こ》し方を振り返ったり、あるいはどこかで自分が人の役に立っているということも慰めになります。自分の存在意義が認められるということですね。

寂聴　家で洗濯ものを畳んでいるだけでもいいと思うんです。おばあちゃんがゆっくりゆっくり畳んであげるだけでも、外で働いている若い人たちは助かるんじゃないですか。だからまったく役に立たないということは、まずないのね。

一番いいのは、自分の産んだ子どもの世話になって、孫たちに声をかけられて、すうっと死ぬ。それが一番幸せでしょうね。

家族というのは鬱陶《うっとう》しいとは思うけれども、長い目で見たら、やっぱりあったほうがいいでしょうね。私は自分から飛び出してしまいましたから、今は付き合ってくれているとはいえ、普通の家族とは違うんですね。私も心の中では、申し訳ないと思っています。そんな思いはしないほうがいいから、やっぱり結婚したら、家は出ないほうがいいと、今は思いますね。今は（笑）。

ただ、今の若い人はもう離婚なんて平気ですよね。その代わり子どもは必ず連れて出る。私の時代は、子どもを連れて出られなかった。子ども連れて出たら親も子も食べられなかったから。それだけ世の中は、女のためによくなってますよ。

池上　今日ここに来ているスタッフにも独身が何人もいます。

寂聴　今日、考えを変えたと思いますよ。うちにも二人まだ独身のかわいい女性がいますから。二人ともとてもかわいいですよ。

第4章

寂聴さんが池上さんに聞きました。

「男たちはなぜ、恋も革命もしなくなったのでしょう?」

混乱を恐れる気持ちが、恋も革命も遠ざける

寂聴 学生が大勢集まってるところで話す機会があったんですよ。そのときわかったのが、もう「青春」って言葉がないのね、今は。

池上 青春ねえ。

寂聴 青春がないの。だけど、あえて「青春は恋と革命だー」って叫んだんですよ。

池上 「青春は恋と革命だー」。

寂聴 そうしたら、みんな「うわー」って盛り上がっていましたよ。だからまったく恋とも革命とも無縁というわけでもないいんだけど、自分でやるのは面倒くさいのかしら。

池上 今の若い人たちは、恋も革命もしたくないでしょ。

寂聴 恋と革命をしないから、日本はこんなにだらだらとした、妙な国になっちゃうんですよ。最近は大学生たちのデモが盛り上がってましたよね。その子たちはまだ私の言うことがわかるらしいんです。

池上　二〇一五年の安保関連法の反対運動ですね。

寂聴　あの子たちにも会いましたけど、なかなかいいですよ。「恋と革命だ」って言ったら、「やってます」って（笑）。

池上　どっちもやってると？　「恋と革命だ」って言う人がいっぱいいれば、少子化問題は少しは解決に向かいますかね。

寂聴　解決すると思います。

池上　混乱も起きるような気がするんですけど。

寂聴　混乱が起きなきゃ、革命にならないですけどね。みんな混乱を恐れてるのかしら。恋も混乱しますからね。混乱が面倒くさいから、みんなしないんですかね。でもそれで平穏に暮らしていて、おもしろいですか？

私は、もうじき死にますけど、「ああ、九十何年も長生きして、いろんなことして楽しかった」って思って死ねますよ。

池上　子どもたち、若い人に情熱がないと感じるのはなぜでしょうね。なんとなく生きる力が弱くなってるような気がしません？

寂聴　そうですね。食べてるものは、私たちの子どものころよりずっと栄養のいいものなのに、どうしてでしょうね。便利になりすぎたのかしらね。

池上　そう言うと、昔の人は不便だから恋に走ったみたいじゃないですか。

寂聴　だってそうでしょ。ひとりが不便だから結婚したかったんですよ。

池上　便利になるから結婚したんですか？

寂聴　今は便利すぎて何も要らないんだもんね。ご飯だって、料理が下手な女房が作るより、そこらで買ってきたほうが美味しいでしょ。洗濯ものは洗濯機に入れればいいし、掃除は掃除機がやる。もう女房なんて要らないですもんね。

池上　だから結婚しなくていいって、そういう発想は寂しいですよね。

寂聴　でも、そんな理由もかなりあるんじゃないですか。ひとりが不便だったら、やっぱりまず結婚するでしょ、みんな。

池上　なるほど。

池上彰、青春時代のデート事情は……

池上　今、日本では子どもの数が減ってますでしょ。人口もどんどん減っていきます。日本の人口はずっと増え続けてきたのが、二〇一五年、ついに減少しました。このまま減り続けると、二〇五〇年には一億人を切るといわれています。

寂聴　ええ。いろいろな理由があるんでしょうけど、やっぱり若い男ですよ。女の子はそれほど変わっていないと思うんです。けれど、恋愛にも結婚にも興味がない男が増えているんですね。これはいったい、どうしてですか？

池上　そうですねえ。

寂聴　これは私じゃなくて、異性のあなたが説明してくださいよ。

池上　（笑）。いやいや、私にもよくわからないんですけど。

寂聴　あなたがもしお若いとしたら、「恋愛離れ」なんていわれてる今の状態をどう思われます？

池上　私の若いころはまさに激動の時代でしたし、みんなが貧しかった。押しなべて貧しい中でも、なんとしてもクルマは欲しかったですね。免許を取って、中古でも何でも、とにかくクルマさえ手に入ればデートができる、という魂胆ですね。でも今の若い人たちはそもそもクルマに興味がない。

寂聴　クルマが要らないんですって！

池上　「クルマがなかったらどうやってデートするんだよ？」って聞いたら、「別にデートしません」。

寂聴　そう。デートしたくないからクルマも要らない。

池上　もうそうなると想像を超えているというか……。

寂聴　じゃ、今の若い男の方たちは、何がおもしろいんでしょう？　何が楽しいんでしょう？

池上　ＳＮＳでつながっていたり、ネットでありとあらゆる情報が入ってきますよね。昔だったら絶対見られなかったものがネットで見られて、バーチャルでとりあえず満足しちゃう。だから、生身の人間と接するのが面倒くさいというのもあるんでしょうね。

寂聴　仮想の世界はますます複雑でおもしろくなっていくんでしょ？　そしたらもう人間が人間じゃなくなりますね、やがて。

池上　ですよね。

寂聴　お若いときは、やっぱりちゃんとデートはしていたんでしょ？

池上　いやいや、全然ないですね。ないんですけど、頭の中では、そんなことばっかり考えてましたよね。

寂聴　だってそんな年ごろでしょう。それが今の若い人たち、嫌だっていうんですよね？　面倒くさいと。

池上　そう、面倒くさいっていうんですよ。

寂聴　そこがわからないですね。

池上　そりゃ、面倒くさいですよね、ああいうことはね。その面倒くささを乗り越えて当たり前だと。

寂聴　面倒くさいのが楽しいんじゃないんですか、恋愛はね。

池上　なるほど。確かに。

人気作家、瀬戸内晴美はなぜ仏門に入ったのか？

池上 今さら改めてという感もありますが、小説家「瀬戸内晴美」は、なぜ仏門に入り、「瀬戸内寂聴」になったのでしょう？　実はあまり知られていないのではないでしょうか。

寂聴 若い人たちは知らないでしょう。

池上 知らないでしょ。初めて目にしたときには、このお姿だったでしょう。

寂聴 初めから「寂聴さん」です。

池上 ずっとお坊さんだと思ってる人も多いでしょう。そういう人たちのために、改めてなぜ仏門に入られたのかを教えてください。

寂聴 それはもう本当に、何度も何度も聞かれてね。

池上 すみません（笑）。ワンパターンな質問で。

寂聴 聞く側も嫌でしょう（笑）。本当はね、本当はわからないの。

池上　……わからない？

寂聴　自分でもわからないの。でも、あんまりよく聞かれるから、そのたびにいろいろ答えてはいますよ（笑）。

池上　なるほど。そのたびに答えが違うんですね。

寂聴　そう。答えてますけど、本当は自分でもわからないの。だって、当時の私は、まさに売れに売れてたときなんですよ。嫌な言葉だけども、流行作家だったんですね。

池上　そうでした。

寂聴　男もいたんですよ。そんなときに、なぜ出家しなきゃならなかったのか。自分でも本当はわからないの。誰かに首根っこを引っ張られて、「こっちに来い」って引っ張られた。何かに引っ張られたとしか言えないんですよ。

だけど確かなのは、どうしても、このままの自分じゃ駄目だという気はしてたんです。何か変えなきゃいけない。自分を根本から変えなきゃいけない。そんな気持ちはあったんです。それで、自分を変える方法をいろいろ考えたら、ああ、仏教があるなと思ったんです。昔のお坊さんを振り返ってみると、普通の人がお坊さんになって、それからものを書いたりした人もいるじゃない？

池上　確かに。

寂聴　あ、これだ、と思ったんですよ。だから、小説をやめようとは思ってなかったんです。むしろ、もっといい小説を書きたいと思ってた。

池上　仏門に入っても、それまでどおりに執筆活動はできるということですね。

寂聴　はい。なぜ仏教だったかというと、やはり縁ですよね。カソリックでも何でもいい。宗教に入るなんて縁がすべてです。私にはお釈迦様とのご縁、仏縁があったから仏門に入ったんでしょう。その前は、カソリックの神父さんにもお話を伺ってたんですよ。そのときは本当にカソリックに入信しようと思ってたんです。

池上　そうなんですか？

寂聴　遠藤さんに紹介していただいてね。

池上　遠藤周作さん？

寂聴　はい。

池上　作家仲間からの紹介ですね。あの方は本当に敬虔なキリスト教徒でしたね。

寂聴　そうですよ。わざと変なことばかり言ってましたけどね（笑）。

池上　発言はかなり、とぼけてらっしゃいましたけど、小説を読むと……。

寂聴　それはそれは真面目ですよ。

池上　深いものがあります。

寂聴　小説家というのは、性的にだらしない人が多いけれど、遠藤さんは奥様一人を守り通しました。でもそう言われるのが嫌で、さもなにか悪いことしたように言うんです。

池上　露悪《ろあく》趣味でしたね。

寂聴　全部嘘なの（笑）。

仏様が煩悩から守ってくれるから、もう大丈夫

池上　瀬戸内さんは仏門に入られたとき、男との関係は断たれたんですよね？

寂聴　はい。当時、男もいて、それもだんだん煩わしくなってきた。恋愛といいます

か、男と女の関係なんてものは、やっぱり飽きが来るんですよ。

池上　飽きが来たんですか？

寂聴　それはもう（笑）。

池上　たいへん活発でいらっしゃいましたからね。今だったら、それこそスキャンダルで大騒ぎになるでしょ。

寂聴　当時は何も言われなかったですね。そんな人が出家したものだから、もうみんなびっくりして、いったい何事だ、って。当時の男は、その後バーなんかに行ったら、みんなに大事にされたそうですよ（笑）。

池上　彼女に逃げられたから？

寂聴　いや、そうじゃなくて、この人のために瀬戸内晴美が出家したんだという話ですね。それだけの力のある男なんだ、って。

池上　本当にその人のために出家したんですか？

寂聴　まさか！　それだけじゃないですよ。

池上　（笑）。実は飽きただけ？

寂聴　いろいろな理由があったんでしょうね。最近は「更年期のヒステリーだった」と言ってるんですよ。

池上　今にして思えばということですか。

寂聴　更年期というのは非常に強い力がありまして。ただ当時は更年期なんて、それほど考えなかったですね。今ほど更年期なんて言われなかったですから。

池上　瀬戸内晴美が瀬戸内寂聴になったパワー、あるいはきっかけのひとつは更年期だったと？

寂聴　そうも考えられます。私は更年期をうまく逃げたと思いますね。小説家なんて、更年期の現象が普通の人より強いんじゃないかな。

池上　なるほど。一般論にしていいかどうかわからないですけど。でも小説を書き続けるのって大変なパワーが必要でしょ。

寂聴　それは私が出家してからもらえたと思います。

池上　出家後ですか？

寂聴　しんどいですよ、書くのって。

池上　でしょうねえ。でも出家されて、男の煩悩からは脱しましたか？

寂聴　脱せられるの。それを教えてあげたかった。あんなに色恋が好きだったんだから、まだ続いてると世間の人は思ってる。隠していると思ってるんですよ。断ち切れるはずがないと疑ってるのね。でも、断ち切れるはずが、あるの。仏様はいらっしゃったということなんです。

私は出家して、それはもう見事に色恋の煩悩を断ち切ることができた。ただ私にその気はなくても、「尼さんってどんなものだろう？」と好奇心を膨らませている男は世の中にたくさんいます。そんな男たちが言い寄ってくるんですよ。

池上　じゃ、またモテモテだったわけですね？

寂聴　モテモテだったんですよ。でも、もう仏様が必ずちゃんと守ってくださるの。だから、そのたびに「ああ、仏様って本当にいらっしゃるんだなあ」って何度となく思いましたね。でもみんな陰で言ってるんですね。男がいるにちがいないって。勝手に言わせとけばいいんですね。仏様がいらして、守ってくださる自信があるから、もう平気なの。

池上　そうでしたか。いや、今初めて聞きました。仏門に入ってもモテモテだったとは（笑）。

寂聴　そうです。けれど仏様が守ってくださるの。

池上　なるほど。でも、せっかくモテモテなのに、もったいないじゃないですか。

寂聴　もったいないなんて思わないですよ。出家したとき、今東光先生は「頭剃らなくていいんだよ」と、おっしゃったんです。でも私は「髪を剃ります」って言いました。「私はいい加減な人間だから、形からちゃんと入らないと続きません」って。そして頭を丸めたんですよ。そしたら今度は「下半身はどうする？」と、おっしゃった。「断ちます」って言ったら、「無理に断たなくていいんだよ」って（笑）。

池上　それは今東光さんらしいお言葉ですね。

寂聴　「いえ、私は駄目な人間だから、断つものを断たないと続きません。だから断ちます」って言ったら、「ああ、そうかい」って。

池上　それで断たれた？

寂聴　はい。そうして出家したのが五十一歳でしょ。今、九十五ですね。そのあいだ、一度もそんなことはありませんでした。仏様がいらっしゃいますから、もしそんなことしてたら、あの世行ったときに言われちゃうじゃないですか。「おまえね、偉そうな顔して、偉そうなこと書いて、なんだ、あんなことして」って。

池上　大丈夫です。そういう話を聞き出す対談じゃないので（笑）。

断ちがたい煩悩、守れない戒律

寂聴　でも私、出家すると、こんなに義務があるとは思わなかったんですよ。仏教にね。

池上　義務？

寂聴　ええ、出家者には義務があるんですよ。でも出家したからには仕方がない。きちんと守ってます。

池上　義務というのは、守らなければいけない戒律のことですか？

寂聴　そう。戒律なんて大したことない、守らなくていいんだろうと思ってたのね。そうしたら戒律が実にたくさんあるでしょ。「嘘ついちゃいけない」とかね。小説家は嘘を書いて売ってるんですよ。

池上　嘘を書くのが仕事ですからね。

寂聴　でも守らなきゃ仕方がないでしょ。それから「人の悪口を言うな」ってね。悪口言いながらご飯食べると一番おいしいんですよ、ね。全部守れないことばかりなの。だから困りましたねえ。

だけどせっかく出家させていただいたんです。出家というのは、したくてできるもんじゃないの。出家してわかったんですけど、出家したいと思っても、仏様が許してくれないと、できないんですよ。

私は仏様に出家させていただいたんだから、やっぱり何かお礼をしなきゃと思った。だから、どれもこれも守れない義務の中でも、人が一番守れないものを守ろうと思ったんです。それでセックスを断ったんですよ。

池上　なるほど。断ったのはそれだけですか。悪口は相変わらず言ってる？

寂聴　そう、悪口は……（笑）。他のものは守れないもの、ね。

池上　守れない？（笑）。いやいや、でも守るべきものが戒律なんでしょ？

寂聴　守ろうとはしましたけどね。でも、今まで一番守れないと言われてるものだけは守ろうと思ってるんです。

池上　なるほど。出家する前はそれが一番守れなかったわけですね。

寂聴　（笑）。出家してるといっても、お坊さんだって今はみんな嫁さん持ってるでしょ。恋人もいますよね。だから、普通は守れないんだなと（笑）。じゃあ私は、むしろこれを守ってやろうと思ったんです。

池上　まだだいぶ煩悩がお残りのようですが。

寂聴　そうです。でも守ってるじゃないですか。

池上　男関係は断ったということですね。もうその煩悩からは脱しましたか？

寂聴　そうですよ。偉そうに言えるのはそれだけなんですよ（笑）。

池上　それ以外の煩悩はないんですか？

寂聴　それ以外は、ちっとも褒められるところはないですね。

池上　自覚してらっしゃるわけですね。

寂聴　自覚してます。お経だってヘタクソ。途中で忘れたり、間違えたりね。一緒に読んでいても、私が間違えるものだから、「あ、もとーい。やりなおし」なんて（笑）。

池上　それでいいんですか？

寂聴　仏様には怒られないですよ。だからいいんじゃないかしら。

池上　仏様は怒らないからね。まさに仏様ですね。

極楽行きフェリー「寂聴号」で行こう

池上　法話に集まられた皆さんに、どんな話をされます？

寂聴　実は考えたことないんですよ。いつもその場に行って、みんなの顔を見てたら出てくるの。

池上　はっはー、アドリブの世界ですね。

寂聴　いつもそうです。一番ウケがいい私の法話は、三途の川のお話。昔は三途の川を渡し船で行ったのね。そのとき渡し船の船頭にチップをあげるんです。

池上　六文銭ですね。

寂聴　人が亡くなると、みんなで賻金を作って、ずだ袋に入れました。それが渡し船のチップ。

池上　そうでしたね。

寂聴　子どものころ、大人に交じって作ったことがあるんですよ。でも今はこれだけ人口が増えたから、渡し船じゃ間に合わない。だからフェリーです。

池上　フェリーで？

寂聴　「極楽行きフェリー、寂聴号で行かない？」って言うと、みんな、わあーって言って喜ぶの。

池上　（パンと手を打って）なるほど！

寂聴　「向こうの岸には、先に死んだ人たちがずらっと並んで、あなたを待っててくれる。あなたの好きな人が手を挙げて『いらっしゃい、いらっしゃい』って待ってるわよ。その晩は歓迎パーティよ」ってね。そしたらみんなすごく喜ぶの（笑）。

池上　三途の川をフェリーでねえ。

寂聴　そう思わない？　そう思ったっていいでしょ？　だってわからないんだものね。

池上　わかりませんからね。

寂聴　でも私、極楽というのは、そういうものだと思うんですよね。「あなたたちみんな、少々悪いことはしてるけど、いいこともいっぱいしてるから、極楽に行けるわよ」って言うと、みんな喜んでくれる。

池上　そこに集まっている人たちの顔を見ることによって、「あ、こういうことを求めているんだ」とわかるということですか？

寂聴　やっぱり仏様がしゃべらせてくれるんじゃないかしら。仏様が私に乗り移って。

池上　ああ、そうか。仏様が話していることなんだ。

寂聴　これを話そうなんて、事前に決めたことないんですよ。集まった人たちは初めは暗い顔をしてるんです。でも法話が終わると、みんな明るくなって帰るの。それを見ると、「ああ、やっぱり効果があったんだな」と思いますね。だから「また来ようかな」っていう気持ちになってくれる。

池上　暗い顔をしていた人たちが明るくなって帰れるのは、なぜなんでしょうね。何がよかったんでしょう?

寂聴　それは私の話がおもしろかったただけ。

池上　(笑)はいはい。愚問でございました。そのとおりでしょうけど、その人たちを明るくする話の力って何なんでしょうね?

寂聴　やっぱり私がしゃべってるんじゃなくて、観音様が乗り移ってくれてるんじゃないでしょうか。だって赤ん坊を背負って来る人もいるんですよ。赤ん坊から九十以上のお年寄りまでいるんです。みんなを満足させる話なんてできますか?

池上　普通にはできないですよね。

寂聴　ね。男も女もいるんです。それができたということは、私がやったんじゃないんですね。

池上　なるほどね。そういうふうに考えるんだ。仏門に入ると、何かあったときは、「これは仏様がさせてくださったんだ」と常に考えるわけですね。

寂聴　そうです。いいことはね。

池上　悪いことは自分がいけなかったせい?

寂聴　悪いことをしたら、「ああ、まだまだ駄目な私が残ってた」ということ。でもそんなに悪いことはしなくなったわね。

池上　（笑）。前はしてたんですか？

寂聴　（笑）。

池上　考えてみますと、五十一歳で出家して、今九十五歳。仏門に入ってからの人生は、出家前よりはまだ短いですよね。だから、やはり門に入ってからのほうが長くなるまで生きていかなきゃいけませんね。

寂聴　でも密度が違いますから。生きていた密度が。

池上　どちらが濃いんですか？

寂聴　もちろん仏門に入ってからのほうです。

池上　いや、出家前も波瀾万丈で密度の濃い人生だったと思いますけど。

寂聴　いいえ、波瀾万丈と密度が濃いのとは違いますよ。波に揉まれて浮いたり沈んだりしてるだけだもの（笑）。

第5章

池上さんが寂聴さんに聞きました。

「子どもたちはなぜ、自ら命を絶つのでしょう?」

日本にもはびこる「自分さえよければいい」意識

池上　最近の日本のニュースで気になることはありますか？

寂聴　子どものいじめがなくならないですね。いじめられて自殺するというのが多いでしょ。子どもが自殺するなんて、もう考えられないことですよね。それを防ぐことができない教育というのは、どうなってるんでしょう。

池上　自殺者全体は減っているのに、中高生の自殺は二〇一五年に過去最高になってしまいました。瀬戸内さんが子どものころ、いじめってありました？

寂聴　ちょっとかわいい女の子がいると、男の子たちが「いじめてやれ」なんてのはありましたよね。私が「こらー」って言って走っていくと、男の子たちが「はーちゃんが来たぞ」って逃げ出すんです。「はーちゃん」ていうのは私。晴美だから。いじめを退治してたんですよ。

池上　いじめに対して弱い者を守る。いじめっ子と闘う。そういう存在って今なかなかいないですよね。

寂聴　そういう子が昔はいたんですよ。クラスに必ず一人や二人。それが今いないんですね。私は当時、優等生でしたけれども、そういうときには闘ってたんですよ。

池上　今はむしろ、いじめられてる子に同情したり、その子を守ろうとすると、その人自身もいじめの対象になるんですよね。

寂聴　それで知らん顔するっていうんでしょ。小学校のころから、いじめがあるのに、自分を守るために知らん顔をする。

その子が大きくなったら、どんな人間になりますか？　どんな日本になりますか？

自分さえよければいいんですか？

やっぱり幸せになるということは、自分だけのことじゃありません。自分だけ健康でお金があるのが幸せじゃないんですよ。日本人の一番駄目なところは、そこじゃないですかね。自分さえよければいいという意識。

池上　いや、でもさっき、人間はそもそも自分さえよければいいという存在だって、おっしゃってたじゃないですか。

寂聴　いや、人間はそうだけれども、国になった場合には、それじゃいけないんですよ。

池上　子どもたちに「いじめはいけないよ」って一般論で言っても、頭でわかっても、現実となかなか結びつかないですよね。実際にクラスの中でいじめられてる子がいても、教わったことと目の前の現実が同じものとは思えない。

寂聴　だから子どものときから「自分だけよければいい」というのは違うんだと、親が家庭で教えなきゃいけないと思いますね。

池上　でも親自身が「自分さえよければいい」という人だったりするから（笑）。

寂聴　ほんとにそうなりましたね。それから私の子どものころって、お金持ちと貧乏人とがありましたよね。今ほとんどないでしょ。

池上　いえいえ。

寂聴　あるんですか？

池上　見えないかたちでの格差って、むしろ広がっていますよ。昔は、お金持ちと貧しい人って一目でわかったでしょ？　今はわからなくなってるんです。見た目はあんまり変わらないんだけど、実際には給食費も払えなかったり、あるいは給食以外に食べるものがなかったり。

寂聴　子どもが学校に行くお金が払えない。だから学校にやれないって。もうそんなことがあっていいのかと思いますよ。そんな子どもたちを見捨てておいて、世界に向かって偉そうなことを言ってる日本って、おかしいと思いますよ。それと学費のために借りたお金が返せなくて……。

池上　奨学金ですね。

寂聴　その利息を払うのが大変だっていうでしょ。私、利息なしのお金をずっと故郷の高校にあげてるんですよ。ほんのわずかだけど、毎年毎年、何人か育っていってます。そのお礼の手紙が来るんですけど、本当に助かったと書いてあるんです。利子を払わなきゃいけない奨学金なんて出さなきゃいいですよ。あげるべきです。

池上　国としては、約二万人ぐらいに返済しなくていい奨学金のしくみをつくろうとしてます。

寂聴　ぜひ早くつくってほしいですね。

先生が信頼されなくなったら、教育はどうなる？

池上　瀬戸内さんが小学校でいじめ退治してたとき、先生たちはどんなふうに対応してました？

寂聴　小学校の先生は、三人とも素晴らしい方でしたね、思い起こしてみると。ある先生のお腹が大きくなったことがあって。

池上　妊娠してたんですね。

寂聴　ええ。みんなが下校するときに、その先生が「はーちゃんは残って」って言うんですね。それで残ったら、「悪いけど、焼き芋が食べたくて食べたくてしょうがないんだ」って。「お金を渡すから、焼き芋屋に行って買ってきて」って言うんですよ（笑）。

池上　先生が買いに行くわけにいかないから。

寂聴　私は先生の言うことは何でも聞かなきゃいけないと思ってたから、「はい」って言って、お芋を買ってきたの。そしたら先生が「ありがとう」って。「でもね、お母さんに言ったら、お母さんが怒るかもしれない」と言うんですよ（笑）。

池上 つまりお母さんには言わないでということですね？

寂聴 そう。でも私はお母さんには何でも言いますから。

池上 言っちゃったんだ。

寂聴 「焼き芋買いに行ってあげた」って。でもお母さんは怒らないんですよ。「先生はもう本当に焼き芋が食べたかったのね」って。「お腹に赤ちゃんがいると、そうなるのよ。あなたがお母さんのお腹にいたときも、何でもかんでも食べたくなって困ったわよ」って言ったんですよ。

池上 今だったら、モンスターペアレントが「うちの子どもに使いっ走りさせるとは何ごとだ。途中で事故にでもあったらどうするんだ」って怒鳴り込んできそうですね。

寂聴 うちの母は教養こそないんですけど、できてましたよ、そういうところは。

池上 先生と生徒の人間的な交流がありましたよね。

寂聴 先生と家庭、家族にもね。学校と家族との関係が今とは違いましたね。今はすぐ親が「あの先生は駄目だ」とか言うんですね。ご飯食べながら「あの先生は駄目だ」とかね。それは絶対言っちゃいけませんね、子どもの前で。

先生はやっぱり先生ですから、ありがたい人だというふうに教えなきゃいけないんです。このごろの親は「あの先生はできが悪い」とか言うんですよ。だから子どもが先生を尊敬しないですよね。尊敬してない人からものを習ったって覚えないですよ。

私たちの時代には、授業が始まるとき、先生が戸を開けて入ってくると「起立！」って級長が号令をかけたんです。私はいつも級長だったから、「起立」って言うと、クラスのみんながさっと立って、お辞儀をして先生を迎えたんです。今もうそんなことしないでしょ。

池上　「先生を大事にしなければいけない」とか「尊敬しなければいけない」とかいう意識が親からも薄れていますよね。

寂聴　先生は自分に誇りを持ってくれなきゃいけないのに、周りがそうさせてくれないんです。

池上　そして先生が昔に比べて忙しくなりました。

寂聴　雑用が多いっていうんですよね。雑用って何ですか？　会議とかでしょ？　それからノートを付けるんですってね。そんなもの付けなくたっていいじゃないですか。

池上 （笑）。ちゃんと子どもたちに学力がつくように教えているかどうか、記録を付けないといけないんですね。それを校長先生がチェックするというしくみです。

寂聴 校長先生が時々見に行けばいいじゃないですか。校長室に座ってないで。

池上 もちろん見に行ってる校長先生もいるんですけど、記録を残すとか、教育委員会に報告するとか……。

寂聴 ノート付けなきゃ安心しないのね、今は。それがおかしいですね。

池上 やっぱり先生を信頼するという意識が必要ですよね。先生も信頼されてないと思ったらやる気を失いますよね。

「殺してはダメ」と、どう教えたらいい？

池上 先ほど、子どもたちの自殺のことをおっしゃいました。とにかく子どもが自殺する社会って嫌ですよね。

寂聴　「命とはどういうものか」を教えないから、こんな社会になってしまったのではないでしょうか。

私が仏教の教えの中でいいなあと思うのは「殺すなかれ」ということ。それだけで十分じゃないかとも思ってるんです。戦争が悪いのは、殺すから悪いんですよ。

何を殺してもいけないということを、もっと子どもに教えるべきなんです。第一の教育はそれだと思いますね。自分の命も、命だから、やっぱり殺しちゃいけないんですよ。だから自殺は人殺しですよね。自分を殺すんだから。

池上　なるほど、自殺も人殺しなんだ。どんな命も殺してはいけないし、自分の命を殺してもいけないんですね。

寂聴　自分の意思で死ぬんだからいいとか、そういうことじゃない、と教えなきゃいけない。

池上　そこに宗教の役割があると思うんですよ。ただ、日本では戦後、学校教育と宗教を切り離しました。学校で特定の宗教を教えるわけにはいかないですよね。だからこそ、学校の外で……。

寂聴　でも道徳というものがあるでしょ。

池上　ありますね。ただ宗教的な裏付けのない道徳観というのは、なかなか教えるのが難しいですよね？

寂聴　難しいですね。

池上　学校で宗教的な教育ができないからこそ、キリスト教の教会でもいいですし、仏教のお寺でもいいですけど、学校の外で、地域で、子どもたちに命の大切さを教えていくことはできないのかなと思うんです。

寂聴　できるはずですね。とにかくお寺という場所があるんだから、仏様のお祭りなんかを楽しくして、子どもたちを集めたらいいんですよね。キリスト教の教会には子どもたちが集まる催し物があるじゃないですか。小さいときに行ってたら印象に残りますよ、心のどこかに。私も近所に教会がありましたから、よく行きましたよ。

池上　キリスト教の場合はイエスの生誕、つまりクリスマスを盛大に祝うわけでしょ。仏教なら四月八日の花祭り。

寂聴　両方行ってた（笑）。

池上　でも今の若い人たちは「花祭り」がわからない。お花見と勘違いされたりする。釈尊の生誕の日なんだよって、もう少しみんな知っていてもいいと思うんですけどね。

寂聴　仏教的な学校じゃなくても、知っておいてほしいですね。

池上　宗教って、亡くなった人のことを思うものでもあるんですけど、結局は生きている人のためですよね。

寂聴　そうです。宗教は生きていくためのものです。

池上　だからこそ生きている人のために、生きていることの意味や生き甲斐を、もっと伝えていくことが大切ではないでしょうか。ただ、そうした宗教の力が……。

寂聴　今はありませんよね。

池上　なぜ、なくなってしまったんでしょう。

寂聴　大きかったのは明治維新ですね。もう仏教もお寺も要らないからなくしてしまえ、という廃仏毀釈《はいぶつきしゃく》がありました。それでお寺自身の力がなくなってしまったんです。お寺の財産もなくなりましたし、お寺を継いでいく力もなくなった。その影響がとても大きいと思いますね。

お墓はなくてもいい。お骨も好きにすればいい

池上　お坊さんのあり方も日本は独特ではないでしょうか。たとえばキリスト教の教会やイスラム教のモスクを守っている宗教者の方々は本当に信心深いですよね。信仰心を抱いて、その道に入り、教会やモスクを守っています。

寂聴　そうですね。そもそも私、やっぱりお坊さんは結婚しちゃいけないと思うんですね。

池上　本来、結婚してはいけないんですよね。だから、たとえば海外の仏教徒の方々は「日本のお坊さんは結婚するんです」って聞くとびっくりしますよ。

寂聴　私が出家して間もなくのこと、お坊さんたちで中国に行ったんですね。中国では熱烈歓迎されまして、盛大にご馳走してくださったんです。中国のお坊さんと日本のお坊さんが一堂に会して食事をしたとき、気づいたんです。日本のお坊さんの前には肉や魚がたくさん出ている。中国のお坊さんには精進料理ですよ。もう恥ずかしいなあと思

って……。

出されたものは仕方がないから食べていたら、ご挨拶することになったのね。私の隣に座った若いお坊さんが「以前、父が中国に来たときには大変お世話になりました」って言ったんです。そしたら中国のお坊さんが「じゃ、あなたは御養子ですか?」って。「いいえ、父の実の息子です」って答えたら、中国の坊さんがそれはもうびっくりしてらしたのよ。「なぜお父様は僧侶なのに、子どもがいるんですか?」って。

ああ、同じ仏教でもこんなに違うんだなと思いましたね。日本の仏教と中国の仏教は違う。インドとはもちろん違います。

池上　日本独特の発展をしたという言い方もできますけどね。

寂聴　独特ですね。最近、「お墓なんて要らない」という人が増えたでしょ。私はお墓はなくたっていいと思うんですよ。

池上　だって、仏教のそもそもの教えでいえば……。

寂聴　お墓なんて、ないんです。お釈迦様は骨は皆に分けてやりましたけど、お墓はつくれとはおっしゃってません。

池上　インドの仏教には、お墓という考え方がないんですよね。
寂聴　お釈迦様はお墓は要らないとおっしゃった。実際、お釈迦様のお墓はないんです。
池上　インドで生まれた仏教が中国を経由して日本に来る間に、お墓が大切という話になっちゃったんですね。
寂聴　そうです。お墓は要らないと、お釈迦様はおっしゃいました。非常に近代的な考え方ですね。お釈迦様御自身は荼毘《だび》に付されて、その後、お弟子さんたちにお骨が分配されました。
池上　分け与えられたお骨を納めるために仏舎利塔があちこちにつくられたんですね。ちょっと仏舎利塔の数が多すぎますけどね。お釈迦のお骨はそんなに大量にはないだろと思うほど（笑）。
寂聴　お骨については、身の上相談も多いですね。愛していた夫や恋人が亡くなったとき、お骨を納めてしまうのが嫌だ、自分で持っていたいというんです。「いけないことですか？」って。とても多い相談なの。

池上　そうですか！

寂聴　私はこう答えるんです。「気が済むまであなたのそばに置いときなさい。食べたっていいのよ。カルシウムだから」って。本当に食べた人もいる。あんまりおいしくはないんだけどね（笑）。

「いただいた命」を大切に生きる

池上　今日は瀬戸内さんに「長生きするのは幸せですか？　辛いことですか？」と伺いたくて、こちらの庵に伺いました。「幸せですよ」というお話になるかと思ったら、意外にそうでもないのですね。なかなか厳しいですね、現実は。

寂聴　「長生きできて幸せ」なんて人は、非常に少ないんじゃないですか。

池上　佐藤愛子さんの『九十歳。何がめでたい』（小学館）という本も売れていますね。

寂聴　あの方は私より一つ下。だから「寂聴さんが死んだら、次は自分だと思うと嫌だ」と言ってらした（笑）。でも、とてもお元気ですよ。本が売れて売れて大変なんですって。みんな羨ましいと思うでしょ？　だけど売れたら売れたで、すごい税金取られるのよ！

池上　本当に煩悩が抜けてないですねえ。いいじゃないですか。本が売れて税金を納めたら、お国のためになるじゃないですか。

寂聴　だってその税金が、本当にみんなが望むところに使われてればいいですけどね。そうじゃないでしょ。やっぱり腹が立ちますよ。

池上　この歳になっても、まだ腹が立つ。煩悩も抜けていない。でも、それが寂聴さんの魅力なんですよね。

寂聴　（笑）。

池上　言われてもうれしくないかもしれませんけど、もう少し長生きしてくださいね。

寂聴　もういい加減、迎えに来てほしいけれど、きっと向こうで時々お茶なんか飲みながら、「そろそろ寂聴さんの番だなあ」「いやあ、来たらうるさいから、もうちょっとあっちにいてもらおう」なんて言ってるにちがいない（笑）。

池上　二〇一七年は、どんな年になりそうですか？

寂聴　想像もできないですね。そういうことは、あなたのほうがずっとよくご存じでしょ。それを伺おうと思ってました。どんな年になりますか？

池上　それこそ激動の時代で、何が起きるかわからないですよね、ニュースだってね。

寂聴　ほんと何が起きるのか……。

池上　そんな時代の心構えって何でしょうね。

寂聴　何かあったとき、やはり宗教を持っている人は強いでしょうね。何も持っていない人よりは。だけど、便利だから信仰を持ちなさいというわけにもいかないですしね。

池上　宗教を持っている方はいいですよ。信仰があれば、何があっても生きていける。信者は救われるかもしれません。

寂聴　救われますね。自分だけですけどね。

池上　信仰のない人はどうしましょう？

寂聴　私たちがこの世に生まれてきたのは、自分の力じゃありませんよね。両親のした行いから生まれたのは確かだけれど、行いだけでもない。ものすごい数の中から生き残った精子が、たった一つの卵子と一緒になる。これはもう本当に神秘的なことですよ。

だからこそ、そうして生まれた自分は尊いものなんです。命は尊いんです。人はあまりそんなふうには考えないのね。

池上　確かにね。

寂聴　本当に不思議な縁で生まれた自分の命だから、「いただいた命」なんです。

池上　いただいた命ね。

寂聴　自分が拾ったんでも何でもないんですよね。いただいた命だから、大切に生きなきゃいけない。あらゆる宗教はそう言っているのではありませんか？

池上　信仰があっても、なくても、どんな国であっても、分かち合える気持ちではないでしょうか。本日はどうもありがとうございました。

第6章

「老い方のレッスン」を始めませんか？

池上 彰

超高齢社会、日本人はどんな老後を迎える？

日本人はこんなに長生きになった！

江戸時代の日本人の寿命は何歳ぐらいだったと思いますか？

「水戸黄門」として知られる徳川光圀《みつくに》は七十三歳まで生きました。葛飾北斎のように九十歳まで生きた人も知られています。

全国のお寺に伝わる、檀家の享年などが記された「過去帳」の研究によると、江戸時代の日本人の寿命は三十代と推定されています。現代の私たちとは比べものにならないほど短い命だったのです。

現在の日本人の平均寿命は男性が八〇・七九歳、女性が八七・〇五歳（二〇一五年）。

世界トップクラスの長寿国です。

しかし、ここまで長生きになったのは、それほど昔のことではありません。たとえば、一九六〇年には、日本人の平均寿命は男性が六五・三二歳、女性が七〇・一九歳でした。

平均寿命とは、その年の〇《ゼロ》歳児の平均余命のことです。つまり、二〇一五年に生まれた男性は、国全体に影響が及ぶような情勢の変化がないかぎり、平均して約八十年生きられるという意味です。


日本人の過去の平均寿命は、厚生労働省が発表している「生命表」という統計で知ることができます。一八九一年から一八九八年の調査による「第一回生命表」では、日本人の平均寿命は、男性が四二・八歳、女性が四四・三歳。終戦直後の一九四七年（第八回生命表）では、男性が五〇・〇六歳、女性が五三・九六歳でした。

織田信長は「人間五十年、下天の内をくらぶれば、夢幻の如くなり」という『敦盛』の舞いを好んだとされています。五十歳といえば今ではまだまだ現役ですが、終戦のころまで「人間五十年」はまさに現実だったのですね。

かなり時代をさかのぼって縄文時代、日本人の寿命は三十歳ほどだったと推測されています。全国の縄文遺跡から出土した人骨の死亡年齢を調べたところ、ほぼ半数が二十代。五十歳まで生きた人はごく少数でした。

以来、平均寿命はほとんど延びませんでした。冒頭に記したように江戸時代になっても三十代だったのです。

このように、日本人がごく最近まで短命だった大きな理由は、医療が発達していなかったため、乳幼児の死亡率が非常に高かったことです。長生きする人がいても、多くの乳幼児が命を落とせば、統計上、平均寿命は短くなります。


今も続く「七五三」の風習は、七歳を迎えることが、お祝いするほどめでたかった名残《なご》りです。「七歳までは神のうち」という言葉もありました。幼いうちは、このさき生きられるかどうかわからないため、半分はあの世の存在。数え年で七歳を超えて、ようやく人間という扱いだったのです。そして、大人になっても、はしかや疱瘡《ほうそう》といった、今なら治るはずの病で多くの人が亡くなっていました。

急激な変化が起こったのは戦後のことです。一九五五年、生後一年未満の乳児の死亡率は、対一〇〇〇人比で三九・八でした。つまり、生まれた子ども百人のうち四人が一年以内に亡くなっていました。

この乳児死亡率が一九六五年には一八・五に、一九七五年には一〇・〇に下がりました。医療が発達し、衛生環境も改善されたことから、主な死因であった肺炎や腸炎といった感染症が減ったためです。

乳児死亡率は二〇〇二年には三・〇となり、二〇一五年には一・九にまで低下しています。もちろん子どもだけでなく、全体の死亡率も低下しました。一九四七年に一四・六だった死亡率は一九七九年には六・〇にまで下がりました。

日本の高度経済成長と歩調を合わせるように死亡率は下がり、平均寿命は延びました。日本人の平均寿命は戦後だけで、男性が約三十年、女性が約三十三年も延びました。

これは世界的に見て非常に誇らしいことに思えました。洋の東西を問わずだれもが望んでいた「長生き」を、日本人はいち早く実現することができたのです。まさか近い将来、長生きすることが大問題になるとは、多くの人は思わなかったでしょう。

人口の増加が高度経済成長をもたらした

平均寿命の伸びと人口の増加は密接な関係があります。生まれる子どもの数が同じとしても、亡くなる人の割合が減れば、人口は増え続けます。これに加えて日本では、終戦直後および一九七〇年代に、二度の「ベビーブーム」が起こりました。

一九四五年に約七千二百万人だった日本の人口は、一九六〇年代後半に一億人を超え、右肩上がりで増加を続けました。

日本の高度経済成長は、人口の増加が大きな要因となっています。人口の変化だけが経済を動かすわけではありませんが、モノを作る人が増え、それを買う人も増えたことが経済の成長を加速する理由になったのはたしかです。

豊富な労働力が経済発展をもたらすことを「人口ボーナス」と呼びます。「ボーナス」

には賞与や配当など、もらえるとうれしいメリットの意味があります。生産年齢、つまり働く現役世代の人口が増えることで、経済の成長率が高まっていく状態です。日本は一九六〇年代から一九九〇年代初頭まで「人口ボーナス」を享受し、経済発展を続けました。

一方、その逆の状態が「人口オーナス」。「オーナス」は重荷という意味です。生産年齢の人口が減ることで、経済の成長率が低下していきます。

働き手が減少しても、生産性を上げることで、ある程度は補えます。しかし、人口が減少することで国内消費が減れば、企業は売上を上げられなくなり、投資する余裕もなくなります。働き手が多い社会では、競争によって生産性が上がるとも考えられます。

人口の減少はさまざまな産業に影響し、その結果、経済全体の縮小につながる可能性が高いのです。

日本人の人口は二〇〇八年に一億二千八百八万人とピークに達したのち減少に転じ、二〇一五年には一億二千七百十一万人へと五年連続で減少しました。

これからも人口は減少し続け、二〇四八年には一億人を割り込んで、九千九百十三万人になると推計されています。二一〇〇年には五千万人を下回るという推計もあります。明治時代後半の水準に戻ることになります。

日本はこれから人口オーナスに直面することが懸念されています。アメリカなどは多くの移民を受け入れることで、人口ボーナスを享受し続けています。日本では移民の受け入れには慎重論が強く、アメリカの真似をするわけにはいかないようです。

人口減少を嘆く声しか聞こえない今となっては信じられないことですが、一九六〇年代、当時の厚生省は、日本の「人口爆発」を抑える政策に取り組んでいました。「このまま人口が増えて一億人を突破すると、食糧や資源が足りなくなってしまう」と予測したのです。有識者会議が開かれ、避妊を奨励する小冊子が配布されていたのを覚えています。

人間というのは本当に先を見ることができないものだと、つくづく思います。

高齢者が爆発的に増える「二〇二五年問題」

日本人の平均寿命が延びるとともに進んできたのが、社会の高齢化です。

終戦後の一九五〇年、高齢化率（六十五歳以上の人口の割合）はわずか五％以下でした。平均寿命が五十代だったのですから無理もありません。

その高齢化率が一九八五年には一〇・三％に、二〇〇五年には二〇・二％へと急上昇し、二〇一五年には過去最高の二六・七％に達しました。

いまや日本人の四人に一人は高齢者なのです。

高齢化率は二〇六〇年までは上昇すると推測されています。これほどのスピードで高齢化を経験した国は、世界に日本しかありません。

国連の定義では、六十五歳以上の人口比が七％を超えた社会が「高齢化社会」、一四％を超えた社会は「高齢社会」と呼びます。日本が高齢化社会となったのは一九七〇年。高齢社会になったのは一九九五年とされています。

日本は二〇二〇年に東京オリンピック・パラリンピックを迎えますが、その後の二〇二五年、ひとつの節目がやってきます。

この年、ベビーブームに生まれた団塊の世代が全員七十五歳を超えて「後期高齢者」となります。約三千五百万人、国民の三人に一人が六十五歳以上、五人に一人が七十五歳以上という、超高齢社会になるのです。

高齢化のスピードは問題ですが、高齢者になる団塊の世代の数の多さも問題です。これは「二〇二五年問題」とも呼ばれています。

高齢化が進んでも、高齢者を支えるしくみが整っていれば何も問題はありません。しかし、すでに核家族化が進んでいる日本では、高齢者だけの世帯が増えていきます。

二〇〇五年には千三百四十万世帯だった高齢者世帯が、二〇二五年には千八百四十万世帯に増加すると見込まれています。このうち約七割が、高齢者夫婦のみ、または、一人暮らしの世帯が占めています。中でも一人暮らし世帯は六百八十万世帯（約三七％）に達するとされています。急増する一人暮らしの高齢者を支えるしくみづくりは、それぞれの地域が担っていくことになります。

高齢化というと地方の過疎化と関連づけられて語られることも多いのですが、「二〇二五年問題」は都市の問題でもあります。

二〇一五年から二〇二五年の十年間にかけて、七十五歳以上の人口の増加数は、東京都がトップ（五十一万人、増加率三四％）。以下、増加数のランキングは、神奈川県、大阪府、埼玉県、千葉県、愛知県と続きます。つまり三大都市圏で爆発的に、七十五歳以上の高齢者が増えるのです。

この問題は高度経済成長期、地方出身の若者たちが都市近郊に大量に居を構えたことに端を発しています。団塊世代が住む三大都市圏郊外のニュータウンや巨大団地で一斉に高齢化が進んでいくのです。

すでに首都圏郊外の団地では、高齢化率が五〇％を超えるところもあります。若い世代はもっと通勤や子育てに便利なエリアを選びます。築年数が五十年近くたち、老朽化したままの建物と一緒に、団塊の世代だけが残されるのです。

子ども・家族はこんなに減った

高齢化自体も大きな問題ですが、日本では少子化が急速に進んできたことで、さらに問題が深刻になっています。

一人の女性が一生に産む子どもの平均数を「合計特殊出生率」と呼び、厚生労働省が毎年発表しています。

日本の合計特殊出生率は終戦直後の一九四七年には四・五四人でした。この年、約二百六十七万人が生まれました。

合計特殊出生率は一九五〇年代後半にかけて急降下し、一九六〇年代に入ると二人を割り込むようになりました。夫婦に子どもが二人という、日本の典型的な家庭像はこのころできあがったのです。

その後、生まれた子どもの数は一九七三年にピークを迎えた後、低下していきます。合計特殊出生率もじわじわと下降を続け、一九九三年に一・五を割り込み、二〇〇五年に過去最低の一・二六を記録しました。

合計特殊出生率はその後少し持ち直しているのですが、子どもの数は減少傾向にあり、二〇一六年にははじめて百万人を下回り、約九十八万人となりました。生まれる子どもの数は終戦直後の三分の一に減少しています。


子どもが減ってきた理由のひとつに、結婚する人自体が減ったことがあります。五十歳の時点で一度も結婚したことのない人の割合を「生涯未婚率」と呼んでいます。一九八五年の生涯未婚率は男性四・三%、女性三・九%でした。九五%以上の男女が結婚していたのですね。

これが二〇一〇年には男性二〇・一%、女性一〇・六%へと増えています。男性は五人に一人、女性は十人に一人が独身を貫くのです。生涯未婚率はさらに上昇を続け、二〇三五年には男性二九・〇%、女性一九・二%にも達すると推計されています。

都市部では、保育所に入れない「待機児童」問題をはじめ、結婚しても子どもを産みにくい、育てにくい現状もあります。経済が低迷し、共働きでなければ家計が成り立たないにもかかわらず、仕事と子育てを両立できる環境はまだまだ発展途上です。

このように高齢者が増え、子どもが減っていくと、若い世代が多くの高齢者を支えることになります。

一九五〇年には、高齢者一人を十人の現役世代で支えていました。しかし、二〇一五年、現役世代二・一人で一人の高齢者を支えています。支える側の世代はこれからも減少を続けるため、二〇五〇年には一人の高齢者を、わずか一・二人の現役世代で支えることになると見込まれています。

経済が右肩上がりの時代ならまだしも、人口が減少し、経済成長が期待できない中で、現役世代は多くの高齢者を支えていかなければならないのです。

団塊の世代が、これからも日本を動かす

終戦後の一九四七年から一九四九年の第一次ベビーブームには毎年二百六十万人以上が生まれました。このあいだに生まれたいわゆる「団塊の世代」は約八百万人にのぼり

ます。ちなみに私は一九五〇年に生まれたため、ギリギリ団塊の世代ではありません。

この団塊の世代は非常に数が多かったため、日本の社会・経済に大きな影響を与えてきました。

学校では一学年が十クラス以上、一クラスは五十人以上が普通でした。競争が激しかったこともあり、ハングリー精神は旺盛です。

高度経済成長期だったため、多くの若者が地方から首都圏に働きに出ました。中学・高校を出て「集団就職」した若者たちは大切な労働力として「金の卵」と呼ばれ、その後の経済成長を支えました。

団塊の世代が一九七〇年代に結婚する時期を迎えると、第二次ベビーブーム（一九七一年から一九七四年）が起きました。このとき生まれた世代は「団塊ジュニア」と呼ばれます。

二〇〇七年から二〇〇九年にかけて、団塊の世代は当時六十歳だった定年を迎えることになっていました。しかし、一度に大量の退職者が出ることで企業活動に支障が出ることが懸念され、二〇〇六年に六十五歳までの継続雇用を促す「改正高齢者雇用安定法」が施行されました。

このように、団塊の世代は日本の経済・社会を大きく動かしてきました。その彼らが高齢者となりリタイアしてしまったのです。


『週刊ポスト』や『週刊現代』といった大衆週刊誌の見出しを見ていると、団塊の世代の「今」の関心事が伝わってきます。『週刊ポスト』でいえば、「死ぬまで死ぬほどSEX」という特集が人気ですが、ここのところ病院や薬の記事も増えてきました。リタイアしても少しは残っていた性欲がついに衰え、最後は健康管理へと興味の対象が移ってきたといったところでしょうか。

『週刊ポスト』や『週刊現代』は、団塊の世代が働き盛りだったから売れに売れていた雑誌でしたが、彼らがリタイアした今、部数にも大きな影響が出ていることでしょう。

以前は、雑誌や書籍はターミナル駅の書店などで売れていましたが、引退した団塊の世代はもう電車に乗って都心に出ることはめったにありません。そのため、スポーツ紙や雑誌は今やコンビニが主戦場ですね。

団塊の世代が集まるところにマーケットはあるといえるでしょう。非常にボリュームが大きいため、経済に大きな影響を与えているのです。彼らがこれから八十代、九十代となっていくにつれ、今度はどんな「二〇××年問題」が起こるのでしょう。たった一年ですが後輩としていつも気になっています。

平均寿命より健康寿命に注目

長生きと言えば「きんさん　ぎんさん」を覚えている方も多いでしょう。名古屋に住んでいた双子の姉妹、成田きんさん（一八九二年〜二〇〇〇年、享年百七歳）、蟹江ぎんさん（一八九二年〜二〇〇一年、享年百八歳）のお二人です。テレビにもたびたび出演し、国民的アイドルのような存在でした。

お二人が人気者になり、みんなで長生きをお祝いしたくなったのは、百歳を超えてもなお元気だったからでしょう。長生きというだけならほかにもいらっしゃいます。やはり元気だからこそ「おめでたい」「うらやましい」と思ってもらえるのです。

戦後、日本人の平均寿命は急速に延び、世界トップクラスの長寿国になることができました。しかし、ただ長生きなだけでなく「健康寿命」という考え方が注目されるようになりました。「健康上の問題で日常生活を制限されることなく生活できる期間」という意味です。

日本人の二〇一三年の平均寿命は男性が八〇・七九歳、女性が八七・〇五歳。一方、健康寿命は男性が七一・一九歳、女性が七四・二一歳でした。

平均寿命と健康寿命の差は、男性が九・六年、女性が一二・九四年。

つまり、男性なら、長生きしても最後の約十年間は、健康上、不自由を感じながら過ごすことになります。

この「不健康な期間」は広がる傾向にあります。その結果、本人が辛いのはもちろん、家族が看護・介護をすることになります。さらに医療や介護にかかる社会保障費が膨らむことにもつながっています。

この期間をいかに減らすかが、幸せな長生きの秘訣と言えそうです。

元気でピンピン長生きして、苦しむことなくコロリと死ぬ「ピンピンコロリ」が理想かもしれません。「ピンピンコロリ」という言葉が広まったのは一九八〇年代でした。そのころすでに「ピンピンコロリ」ではない現実が問題になっていたのでしょう。

高齢になると、小さな病気やケガから健康状態が悪化してしまうことがあります。入院したり、施設に入ることも増えるでしょう。

一九五一年には八割以上の人が自宅で亡くなっていましたが、一九七〇年代には半数を割り、二〇一四年には一二・八%にまで低下しています。逆に医療機関で亡くなる人の割合は七七・三%にのぼります。今や多くの人は入院して亡くなるのです。

厚生労働省の意識調査(二〇一四年)では、五四・六%の人が「自宅で最期を迎えたい」と希望していますが、現実にはそうはいかないようです。

長生きして何をする? 何歳まで働く?

二〇一三年の内閣府の意識調査では、六十五歳を超えても働きたいとする人が約七割に達していました。定年を過ぎてもまだまだ働きたいという人が増え、国も「生涯現役」を応援しています。

二〇一五年現在、希望者全員が六十五歳以上まで働ける企業の割合は、七二・五％に達しています。また、六十歳で定年に達した人のうち、八二・一％が継続雇用されています。

日本人は本当に働き者ですね。特に団塊の世代は、仕事が生きがいの会社人間が多い印象があります。

また、働き者というわけではなく、収入面で不安があるから働き続けたいという人も多いようです。現在の年金制度がずっと続くという保証はありません。支給時期が後ろ倒しになる可能性もあります。また、施設への入所などの場合、いくらかかるのか、ケースバイケースなだけに不安を抱えている人は多いのです。働けるものなら働いて、できるだけ貯蓄をして備えておきたいという気持ちはわかります。

とはいえ、いつまでも働き続けるわけにはいきません。男性なら六十五歳でリタイアしたのち、平均寿命の八十・七五歳まで約十五年もあります。この長い期間、何をして過ごすのか、考えてみたことはありますか？

老後も楽しめる趣味のある人は幸せです。たっぷり時間をかけて堪能できそうです。ただし、かかるお金は気にしたほうがよさそうです。現役時代と違って、収入は基本的には年金のみ。消費するだけの生活になります。

仕事ばかりしてきたため、趣味などないという人も多いでしょう。特に男性の場合、近所づきあいも希薄で、地域の活動にも参加していないかもしれません。奥さんが地域の友人をしっかり作っているのに対し、仕事上のつきあいがなくなると男性はとたんに孤立しがちです。

内閣府では五年ごとに「高齢者の生活と意識に関する国際比較調査」を行っています。第八回の調査（二〇一五年）は、日本・アメリカ・ドイツ・スウェーデンの六十歳以上の男女について行われました。

これによると、「五十代までに行った老後の経済生活の備え」について「特に何もしていない」と答えた高齢者は日本人がもっとも多く、四割を超えました。年金制度があるためか、意外に楽観的にかまえている人が多いようです。

収入を伴う仕事をしたい理由も国民性を表しています。日本とアメリカは「収入がほしいから」がトップ。一方、ドイツとスウェーデンのトップは「仕事そのものが面白いから、自分の活力になるから」でした。

また、家族以外に相談しあったり、世話をしあったりする親しい友人がいるかを尋ねたところ、「いずれもいない」と答えた回答者の割合は日本が圧倒的に高く、二五・九%でした。一人暮らしになってしまった場合、孤立してしまう人が多いのではないでしょうか。

日本の社会・経済は高齢化でどうなる？

長生きが「おめでたい」と言えない社会

世界トップクラスの長寿を手に入れた日本人ですが、すべての人が健康なまま長生きできるわけではありません。人生の最後には男性で平均九・六年、女性で一二・九四年の健康的に不自由な期間が待っているのです。

その期間を家族に囲まれて、温かく見守られて過ごせる人は幸せです。むしろそうした穏やかな老後が送れる人は少数派かもしれません。

家族の介護を受ける身になれば、本人も心苦しい思いをします。介護する家族は仕事をあきらめなければならないこともあります。昔のように兄弟が多くはないので、親の介護を分担するにしても、一人あたりの負担は重くなりがちです。東京から遠く離れた実家に通い「遠距離看護」をしている人もいます。親が長生きしたことで、看護する子の側も高齢者という「老老介護」のケースも多くなっています。

だれもが早死にしたくはないはずですが、長生きすることがおめでたいと、必ずしも言えない時代になってしまいました。

寿命が延びることで死因も変化してきました。

日本人の三人に一人はガンで亡くなっています。昔に比べてガンが増えたというわけではありません。ガンを発病するほど長生きになったということでしょう。かつては結核などの感染症にかかり、多くの人がガンになる前に、若くして亡くなっていました。

最近では肺炎で亡くなる人も増えています。寝たきりになったとき、食べ物が誤って気管に入ってしまうことで起こる誤嚥《ごえん》性《せい》肺炎です。これも長生きするようになったからこそ生まれた死因です。

もうひとつ長生きすることで問題になってきたのが認知症です。

二〇一二年、六十五歳以上の高齢者の認知症患者数は四百六十二万人でした。高齢者の七人に一人（一五％）が認知症なのです。これが二〇二五年には約七百万人、実に五人に一人になると推測されています。

認知症は本人さえ病気であることを意識できないから厄介です。周りに迷惑をかけることも多々あるでしょう。

いよいよ、長生きできておめでたいとは言いにくい病気です。

高齢者の五人に一人が認知症という社会がやってきたとき、どう向き合えばいいのか、私たちはまだ知りません。しかるべき施設は増えていくでしょうし、しくみも整っていくでしょう。しかし心構えができていないのです。

また、二〇一二年の時点で、家庭でも病院・施設でも介護を受けることのできない「介護難民」が約五百五十万人いると言われています。

介護職の人材不足が主な原因です。介護の仕事は、ハードワークなわりに報酬が低く抑えられており、やりたい人が少ないのです。いくら施設が増えても、スタッフがいなければ介護を行うことはできません。介護難民は二〇二五年には約七百万人に達するとされています。だれにとっても他人事ではないでしょう。

日本の「長生き」には問題が山積みになっています。しかも、どの問題も前例がなく、解決が困難です。

国の財政、日本経済はどうなる？

急速に進む高齢化は、国の財政にも大きな影響を及ぼしています。

日本は世界的に考えても、比較的恵まれた社会保障のしくみをつくりあげてきました。基本的には国民ほぼ全員が健康保険に加入しており、大きな手術を受けたり、高価な薬剤を使用しても、それほど自己負担をせずにすむ制度が当たり前のように定着しています。

世界的に見ると、これは当たり前ではありません。日本で十万円程度の盲腸の手術が、アメリカでは百万円かかります。健康保険が任意加入のため、自分の入っている保険の範囲内のケアしか受けられません。

しかし日本の手厚い社会保障が、高齢化によって圧迫されています。保険や年金のお世話になる高齢者の割合が増え、社会保障にかかるお金が膨れ上がっているのです。

一九九〇年代には五十兆円だった社会保障給付費が、二〇〇〇年代には八十兆円を超え、二〇一三年には百十兆六千五百六十六億円と、過去最高となりました。

この額は国民所得の三〇・五六%にのぼります。大雑把にいえば、日本人は稼いだお金の三割を医療と年金に使っているのです。この割合は増え続けています。そのうち高齢者関係の給付金が六八・四%にのぼります。

生涯の医療費の約半分は七十歳以降にかかるとされ、七十五歳から七十九歳にピークを迎えます。これから団塊の世代がその年代に達するため、ますます財政は圧迫されると予測されています。

お金を払う側の現役世代の人口が減っていき、経済が縮小して税収が減っていく中、お金を使う一方の高齢者が増えていくのです。このアンバランスな財政がいつまでも続くはずはありません。

今後、消費税が引き上げられるのは間違いないでしょう。また高齢者が負担する医療費や介護費も増していき、高齢者自身も痛みを分かち合うことになるでしょう。

世界には平均寿命が五十代、六十代といった国々がまだまだたくさんあります。「高齢化が問題」などというのは、ぜいたくな悩みなのかもしれません。

しかし、戦後の厳しい時期を一生懸命生きてきた高齢者が敬われないのは寂しい社会です。高齢者がまるでお荷物のように問題視されるとしたら、この社会はどこかおかしいと首を傾《かし》げざるをえないのです。

都市も地方も高齢者向けに変わっていく

二〇一七年五月、高知県の大川村が村議会を廃止する検討に入りました。議員が高齢化し、新たななり手もいなくなってしまったからです。大川村の人口は約四百人。過疎化が進み、高齢化率は四三・二％に達していました。

このように、都市部から離れた地方では、一足先に高齢化の問題に直面しています。若者は都市部に出たまま帰らず、過疎化が進んでいます。

人口の半数以上が六十五歳以上の高齢者となり、共同体の機能が失われてしまった集落は「限界集落」と呼ばれています。

地方に行くと、「よくこんな大変なところに……」といった場所にも集落があったりします。きっとなにか歴史的な経緯があって、そこに集落ができたのですね。しかし、すでに若者や子どもはおらず、高齢者だけがひっそりと暮らしている場所も少なくありません。

いくら住んでいる人が少なくても、行政サービスは提供しなければなりません。電気や水道といったライフラインの維持も欠かせません。道路の整備も必要です。

わずかな人たちのために非常にコストがかかりますが、「もう街に移り住んでください」というわけにもいかないのです。独裁政権の国ならば強制移住させてしまうのでしょうが、民主主義国家の日本では、本人の意思を尊重し、税金でコストを公平に負担することになります。

こうした地域を抱える自治体は、すでに財政基盤が疲弊していることが多く、いつまで持ちこたえられるかは未知数です。

広いエリアに散らばって住むより、集まって住んだほうが全体としては効率的です。人口が減少していく中で、高齢者がひとりで行動できる範囲に集まれる街をつくろうというのが「コンパクトシティ」の試みです。もともと街がコンパクトにつくられているヨーロッパでは、高齢者が歩いて日常の用を足せるようになっています。

ただし、街というのはつくろうとしてつくれるものではありません。コンビニや量販店といった民間企業をよりどころとしたコンパクトシティは、企業の経営方針に将来を左右されてしまいます。また、移住が必要な高齢になるほど、住み慣れた家を離れたくないと思うのが一般的でしょう。

都市の周辺では、高度経済成長期に開発されたニュータウンに、高齢化の波が押し寄せています。そこに住んでいる団塊世代たちは、なんとか通勤できるところに憧れのマイホームを買いました。しかし、その子どもたちは、もっと通勤や子育てに便利な場所に住むようになり、団塊の世代の老夫婦たちを残して、人口が減っています。

人口が減ると、商店なども撤退してしまい、急速に街としての機能が失われていきます。自家用車を持っているのを前提でつくられた街が多く、クルマに乗れない年齢になったら非常に住みづらくなります。

なかにはゴーストタウンと化しているところもあります。もはやお金を払っても引き取ってもらえないような老朽化した分譲住宅やマンションが寂しく立ち並んでいます。首都圏の周辺でも過疎化・高齢化が進んでいます。

都市部でも安心はできません。東京の高級とされる住宅地にも、住む人のいない空き家がどんどん増えています。

住民が高齢化したため商店街がさびれ、モノのあふれている東京で「買い物難民」が増えています。こうした人たちを救済するかのように、都心では流通大手が出店するコンビニ並みの小さな食料品店が増えています。高齢者が生活できるようなサイズの街に、都市も変わろうとしています。

一方で、東京周辺には異様な光景も広がっています。

人口が減っていくというのに、タワーマンションやアパート・マンションが続々と建てられているのです。あきらかに供給過剰です。アパートやマンションを建てるのは節税のためもあります。

しかし、これだけの部屋に、いったいだれが住むのでしょう？　そして、この先何十年、どうやって維持管理していくのでしょう？

日本人が人口減少社会・超高齢社会をリアルに感じるのは、まだこれからのようです。

高齢化が深刻なのは日本だけじゃない

一九八〇年代、日本の高齢化率は先進国の中でもっとも低いレベルでした。

当時、高齢化先進国だったスウェーデンが一五％を超えていたのに対し、日本は九％程度。しかし、その後、日本の高齢化率は急速に上昇し、二〇〇〇年にはスウェーデンを上回りました。

日本よりも一足早く高齢化を迎えたのは北欧・西欧諸国です。そこに高齢社会に向き合うヒントがあるのではないでしょうか？

まったく違うと思うのは街のつくりです。日本だけでなく、アジアの国々とヨーロッパとでは、街のなりたちがまったく違います。

ヨーロッパの街はコンパクトです。中心に教会があり、その前に広場が広がり、身近なところに公園がたくさんあります。高齢化を意識してつくられたわけではないのでしょうが、結果的に高齢者が歩いて移動しやすいスケール感となっています。

ヨーロッパを鉄道や車で移動するとよくわかりますが、街を出ると、とたんに田園地帯や大平原が広がっています。日本のようにダラダラと街がつながっていません。

東京から東海道新幹線で名古屋に向かうと、車窓からいつもどこかの街が見えています。ヨーロッパの人に言わせると「どこまで東京が続いてるんだろう？　まだ東京か？」と思っているうちに名古屋に着いてしまうのだそうです。

郊外に巨大なショッピングモールがあり、クルマがなければ生活できないような街はヨーロッパでは文化的につくられてきませんでした。パリの街では中心部にはなるべくクルマを入れないようにしていますね。これも高齢者が過ごしやすい街づくりにつながっているのでしょう。

あくまで個人的な印象ですが、北欧諸国は道路や建物がユニバーサルデザインになっていることが多く、高齢者が過ごしやすいようになっていました。シニア夫婦がコンサートを楽しんでいたりして、大人の文化が楽しめる雰囲気がありますね。

アメリカは少々、様子が異なります。

ロサンゼルスは、歳をとって車に乗れなくなったらどうするんだろうというような車社会です。逆にサンフランシスコは歩いて暮らせる街です。坂道が少々きついですが、ケーブルカーがあるので何とかなります。

ボストンはヨーロッパの街並みをそのまま再現しているようで、歩いて何でも用がたせます。そのうえ、ヨーロッパと違って、店が遅くまで開いています。ヨーロッパの過ごしやすさとアメリカらしい利便性を兼ね備えていて、高齢者ならずとも過ごしやすい街という印象を受けました。

日本は猛スピードで高齢化が進んできましたが、さらに急ピッチで高齢化が進んでいるのは韓国です。二〇〇五年に九・三%だった高齢化率が二〇六〇年には三七・一%にまで急上昇すると推測されています。もっとも、それでも日本（三九・八％）よりは低いのですが。

中国でも高齢化が深刻です。中華人民共和国の建国後に人口増加政策が進められましたが、人口が増えすぎたため、厳しい一人っ子政策に転じました。二〇一五年にようやく一人っ子政策は緩和されましたが、その影響は長期にわたって続きます。

中国では、二〇一三年に六十歳以上の高齢者人口が一億九千三百九十万人となり、高齢者が一億人を超える唯一の国となりました。

高齢社会に明るいシナリオは描ける？

あなたは子どものころ、「未来」というと、どんな風景を想像していましたか？

超高層ビルが立ち並び、透明のチューブの中を超高速列車や自動運転車が走る、明るい未来を描いていたのではないでしょうか。街が空き家だらけになり、四人に一人が七十五歳以上といった社会を想像できたのはごく少数だったはずです。

高齢者の割合が増えていき、現役世代の人口も減っていく。その社会に明るい未来は描けるでしょうか？

医療と介護が非常に大きな産業となるのはまちがいありません。しかし、働く人も消費する人も減っていくということは、国に入ってくる税収が少なくなり、民間では市場が縮小していきます。経済全体が小さくなっていく中で、医療と介護だけにお金がふんだんに回るということは考えにくいのです。

日本にはすぐれた技術がたくさんありますが、縮小するとわかっている市場でビジネスをしようという企業は少ないでしょう。すでにそうなっていますが、日本企業は人口の増えている新興国や北米などに出ていかざるをえません。

かつてのような乱開発がなくなって自然が豊かになると期待する人もいるかもしれません。ただ森林や自然環境を維持するのに人手とコストがかかります。ただ放置しておけばいいというわけではありません。

葬祭業が盛んになるというのは一見正しそうです。たしかに火葬場の予約がなかなかとれないのは事実です。ただ、かつてのように葬儀が盛大に行われることは少なくなりました。今や多くの高齢者は施設に入っており、知人が亡くなっても葬儀への出席はままなりません。葬儀の規模は縮小傾向にあり、身内だけですませることも増えています。葬祭業の未来もそれほど明るいわけではないようです。

個人的に実感しているメリットは、東京の朝の通勤ラッシュがかなり楽になっていることですね。団塊の世代が引退してくれたおかげで、そして、少子化が進んでいるおかげで、通勤・通学する人が減りました。まだまだ欧米に比べれば混んではいますが、かつての「殺人的」と言われたラッシュに比べればかなり緩和されました。

街にも高齢者が増え、静かになりました。威勢よく走り回っていた暴走族も減りました。以前の人の多さが異常で、「普通の街」に戻ったと言えるかもしれません。しかし、これを「よかった」と自信を持って言える人はいるでしょうか。

このように、日本の高齢社会にはなかなか明るいイメージを描くことができません。そんな中で私たちは、まちがいなく老いを迎えることになるのです。そこにどう向き合っていったらいいのでしょう。

変化する、日本人の「老い」との向き合い方

老いを自覚し、引き際を考えるとき

テレビ朝日の『グッド!モーニング』の収録で日本の経営者の列伝を紹介するとき、「本田宗一郎は六十六歳で引退しました」という原稿を読みました。

そのとき思いました。「ああ、俺も六十六だ。本田宗一郎はこの歳で引退したんだ」と。衝撃でした。

たしかに身の回りでは、続々とかつての同僚たちが引退しています。六十歳で定年した後、関連会社に転職し、六十五歳で完全に定年退職。「暇で、暇でしかたがない」という声も聞くようになりました。

ＮＨＫ時代の先輩たちを見ていると、六十五歳を過ぎると好奇心が急に衰えるように感じます。かつてだったら「え？　それで、それで？」と食いついてくるはずが、話に乗ってこない。歳をとるとは、こういうことなのかと怖くなることもあります。

かくいう私には幸い、好奇心はたっぷりありますが、それでも、これは「老い」だなと感じる瞬間は少なくありません。

まず睡眠時間が短くなりました。若いころは八時間以上寝ないと使い物にならなかったのですが、今は五時間寝れば十分です。これはよく言われることですね。「歳をとると寝付けない」「朝早く目が覚めてしまい、もう一眠りができない」と聞いていました。ただし、私はふだんから午前三時までは仕事をして、へとへとになって布団に倒れ込みます。だから寝付けないことはけっしてありません。五時間で目が覚めてしまうのは、仕事がはかどって逆に好都合なほどです。

また、数年前から電車の中で文庫本が読みにくくなってきました。老眼ですね。学生時代には満員電車の中でも欠かさず読んでいましたが、目を遠ざけないと読めません。

これはだれもが通る道でしょう。

テレビやラジオで話す仕事をしていると、気になるのが滑舌です。一定の年齢になると、どうしても滑舌は悪くなります。もしそうなったら、テレビやラジオの仕事からは引き際を考えないといけません。

反射神経が鈍くなり、スタジオでのとっさのやりとりに言葉が出てこなくなったら、そのときにも引退したほうがよさそうです。今はまだ芸人さんたちが相手でもとっさの返しができているつもりですが、いずれそのときはやってくるはずです。

文章を書くほうは、もう少し長くできそうです。しかし、こちらも原稿にキレがなくなってくるのではないかというおそれがあります。自分ではなかなか判断できないため、だれかが「最近キレがないですね」と言ってくれるとありがたいですね。

引き際をきちんと考えたいと自覚している一方、歳をとればとるほど、自分で引き際を判断できなくなってくるようです。

「年寄りは早く引退して、若者にチャンスを与えるべきだ」と言っていた人がいつまでも居座っているのはよくあることですね。変節したというより、まだやりたいことがたくさんあり、エネルギーがあり余っているのでしょう。やはりその歳になってみなければ見えてこない風景というのはあるようです。

日本の企業で六十歳が定年になったのは一九九八年、「高齢者等の雇用の安定等に関する法律」が改定されて以来のことです。それまでは多くの企業で五十五歳が定年でした。私の父の世代には五十歳だった記憶があります。

二〇〇〇年以降は、六十五歳まで継続雇用することが努力義務となり、二〇一二年には、希望する者は全員六十五歳まで雇用することが義務化されました。自分がその歳になってみてわかりましたが、六十五歳の定年は早すぎると感じています。

六十五歳からは「前期高齢者」と呼ばれ、七十五歳からは「後期高齢者」と呼ばれます。「後期高齢者」という厚生労働省の言葉のセンスもいかがなものかと思いますが、「高齢者」という呼び方自体を後ろにずらしたほうがいいのではないでしょうか。前期・後期といわず、「七十歳から高齢者」あるいは「七十五歳から高齢者」と呼んだほうが実態に即しているでしょう。

私自身はまだまだ引退を考える域には達していませんが、あわただしく過ごしていると、ときどき逃げ出したいと思うことはあります。たとえば引退して、アメリカの大学に学生として通ってみたいという気持ちにもなります。教えに行くのではありません。学生として通いたいのです。こうした「もっと学びたい」という気持ち、好奇心はずっと持ち続けていたいですね。

定年後の居場所はありますか？

平日の昼間、公立図書館に行ったことがありますか？

かつては受験生がたくさんいたものですが、今やリタイアした高齢者が朝から詰めかけています。本や雑誌、新聞がタダで読めますし、冷暖房完備です。あり余る老後の時間を過ごすには絶好の場所かもしれません。識字率の高い日本ならではの光景です。

しかし、新聞を読みたいというモチベーションがあったり、向学心が高くて図書館に通っていたりする人ばかりではなさそうです。家にいても手持ち無沙汰で何もすることがない。というより、むしろ居づらい。居場所がない人も多いといいます。

定年後の男性が居場所に困っているとはよく聞く話。とくに会社人間だった人に多いようです。

奥さんは日頃から地域の活動などにも参加し、ご近所づきあいをしています。しかし、男性は近所の人とすれ違っても気づかないほど、地域のことを知りません。そのため定年後、地域にだれも知り合いがいないといったことになりがちなのです。

夫がずっと家にいると奥さんも大変です。会社勤め時代と違って、一日三食、食事を用意しないといけなくなります。「今日のお昼は何だ？」と夫が待っているものだから、それまでのように気軽に出かけるわけにもいかなくなります。

「濡れ落ち葉」という言葉がありますね。濡れた木の葉はべっとりまとわりつき、なかなか払えません。奥さんがどこかに行くと、必ずべったりついて来る夫は「濡れ落ち葉」と呼ばれて嫌がられます。

そんなふうに自宅で邪険にされた定年後の男性たちが、朝から図書館に詰めかけていると言ったら言い過ぎでしょうか。これが典型的な団塊の世代の夫婦像かと考えると、少々寂しいですね。

個人的な印象ですが、奥さんに先立たれた男性は、あっというまに元気をなくしてしまいます。ひとりでは家事もろくにできない人もいます。団塊の世代は会社人間が多いですから、とくにその傾向が強いのです。共働きで家事も分担する今の世代では、老後の夫婦のあり方も変わっていくかもしれませんね。

いくら邪険にされても、伴侶や身寄りがいるだけまだマシという考え方もあります。団塊の世代は結婚して、子どもをもうけるというのが当たり前でした。子どもは独立しても、たまには孫の顔が見られるかもしれません。

しかし、今、結婚しない「おひとりさま」が増えています。兄弟も少なくなりましたから、身寄りのいないお年寄りも増えていくでしょう。ひとりでどう長い老後を過ごしていくのか、経験した人はまだ多くはありません。一人暮らしを続け、だれにも気づかれないでひっそりと亡くなっていく孤独死がすでに問題になっています。

あなたは定年後の「居場所」がイメージできますか？　定年後のまだまだ長い人生

を、だれと一緒に、どこで過ごしたいのか。現役時代からシミュレーションしてみるのもいいでしょう。

自らの死を準備する「終活」

私はチベット仏教の最高指導者、ダライ・ラマ法王十四世を通じてチベット仏教の世界観を知り、非常に身近に感じています。

ブッダが説いたインド仏教の源流に近いチベット仏教の教えは、輪廻転生《りんねてんしょう》を前提として説かれています。人は死んでも、心は身体を離れて、次の新しい身体を得て生まれ変わるというのが輪廻転生の考え方です。身体というのは心の乗り物にすぎません。心はずっと昔から身体を乗り換えながら続いてきたし、これからも続いていくと考えます。

輪廻転生を信じているチベット人にとって、人の死は、かりそめの肉体の死にすぎません。心は古い身体を脱ぎ捨てて、四十九日間の旅の末、新しい母胎に宿るのです。

死は新しい人生への旅立ちであり、通過地点です。チベット人たちはこのように「死んだらどうなるのか」を知っているため、死を前にしてもうろたえたりはしません。もちろん肉親や親しい人との別れは悲しいですし、病気で死ぬときには苦しいものです。しかし、死後を知っているのですから、死ぬこと自体に、いたずらに不安や恐怖を感じたりはしないのです。

イスラム教徒も死には不安を抱きません。この世の終わりに信者全員が復活することが定められているので、けっして怖くはないのです。死ぬのではなく、復活を待つのです。キリスト教徒も基本的には「天国」を信じています。

一方、死を科学的にとらえるならば、私は次のように理解しています。

人間を構成している物質は死によってバラバラになりますが、分子・原子のレベルでは世界のどこかにずっと残り、また何かの物質を構成するかもしれません。こうして分子・原子はずっと宇宙に存在してきたし、これからも存在していきます。人間を形作っていたのは、長い宇宙の歴史の中の一コマにすぎません。私にはこの考え方がしっくりきます。などと悟ったようなことを言ってはいても、いざ死が身近になったら取り乱すかもしれませんが。

では、信仰も死への確たるイメージも持っていない人は、死をどのように受け入れればよいのでしょう？　わからないまま生きるのは心もとないものです。

旅にたとえれば、まったく予備知識を持たないまま、旅をし続けていることにほかなりません。到着日だけは着々と近づいてくるのに、その先に何があるのか、まったくわかりません。しかも片道切符。逆戻りはけっしてできないのです。

これを楽しみと受け入れられる、心のゆとりのある人は少ないでしょう。信仰を持たない日本人は、何だかわからない怖いものだと死をとらえるしかないのです。

しかし、近年、積極的に死への備えを進める日本人が増えてきました。いわゆる「終活」です。自分の死後、家族が困らないように「エンディングノート」を書き記したり、あらかじめお墓を手配したりします。

信仰を持っていれば、死後の手続きは伝統にのっとって進めればいいのですが、もはや伝統へのなじみがなくなってしまったため、自分で決めておこうというわけです。

檀家がいなくなり、お寺が消滅⁉

人が亡くなると、僧侶のもとでお通夜・告別式を行い、火葬場で荼毘に付し、お骨を先祖代々のお墓に納める。四十九日などの法要にはお坊さんにお経を読んでもらう。これが主に仏教にのっとった、と考えられている伝統的な弔い方です。実はこうした弔い方のほとんどは仏教に由来するものではありません。

そもそもブッダが仏教を説いたインドにはお墓をつくる習慣はありません。庶民の葬儀は、火葬場で荼毘に付し、遺灰は川に流して終わりです。

古くから輪廻転生が信じられているため、肉体は死んでも、心は新しい肉体に生まれ変わると考えられています。肉体は抜け殻にすぎないため、拝む対象にはならないのです。心は生まれ変わって新しい人生を歩んでいるのですから、お墓や仏壇をしつらえたり、先祖を崇拝するという習慣もありません。

仏教がお墓と結びついたのは中国でのことです。インドで生まれた仏教は中国を経て日本に伝わりました。その間に、祖先崇拝やお墓の習慣と結びつき、日本に伝わったのです。

お寺が檀家を持ち、先祖代々の葬儀やお墓をつかさどるというスタイルが定着したのは江戸時代のこと。江戸幕府が全国津々浦々まで支配するため、国民全員をお寺に所属させ、お寺に戸籍を管理させました。

お寺は檀家のお墓を守り、葬儀や法要を行うかわりに経済的に支えられていました。一方、檀家もご先祖の供養をしてもらう必要から、お寺と深く関わってきました。その根底には、仏教への信仰と僧侶への敬意があります。

庶民とお寺との結びつきが、ほころび始めたきっかけは高度経済成長期です。それまでの日本は農業が中心で、人口の移動があまりありませんでした。しかし、若者が都会に働きに出るようになり、地方から都市への人口の大移動が始まったのです。

都会に出た若者たちはそのまま結婚し、都市部の近郊のニュータウンに住むようになりました。そこで子育てを始めるようになると、遠く離れた実家に帰るのはお盆と正月だけになります。

その子どもの世代は、すでに元の実家とは縁が薄く、お寺やお墓も遠い存在となっています。こうして地縁が弱まっていく中、お寺との縁も薄くなり檀家のお寺離れがどんどん進んでいます。

過疎化が進んでいる地方では、檀家が減ってしまい、経営が成り立たなくなったお寺もあります。後を継ぐ住職がいなくなり、消滅してしまうお寺も増えています。お寺どうしの吸収・合併で生き残ろうという動きもあります。

お葬式・お墓への意識が大きく変わりつつある

お寺が危機を迎えている理由の一端は、お寺の側にもあると言われています。

これまで、お寺は江戸時代にできた檀家制度によって守られてきました。ビジネスでいえば、営業努力を一切することなく、半永久的な取引先を世襲によって受け継げるのです。本来、お寺は仏教の教えを伝える布教の場であるのはもちろん、地域のコミュニティの心のよりどころでした。ときには寺子屋として学校の機能も果たし、住職は地域の名士で人格者として尊敬されていました。

しかし、住職が世襲されて「家業」になり、お布施とひきかえに葬儀や法要だけを行う「葬式仏教」へと姿を変えていったのです。

先代の住職が立派でも、後を継いだ息子が人格者とはかぎりません。仏教はいろいろな国で信仰を集めていますが、住職を世襲するのは日本だけの特殊な風習です。一般的には優れた弟子の中から後継者が選ばれます。

そもそも、出家した僧侶が結婚するというところから世界的には異質です。

お寺との縁が薄くなり、信仰心をなくしていった日本人にとって、お寺は極端な言い方をすれば「お墓を管理したり、お経を読んでくれたりするサービス」を提供している業者になってしまいました。本来、供養のお礼だった「お布施」が「料金」ととらえられるようになってしまったのです。

信仰にもとづく結びつきが失われてしまった以上、お墓や葬式を今までのように菩提寺に任せたいと積極的に思う人は減っています。「お寺を選びたい」というニーズに応えて、新しいサービスも登場しています。

かつては、葬儀のお布施は「お気持ちで」などと言われ、けっして価格が明示されることはありませんでしたが、現在はイオンが価格を明示した葬儀サービスを展開しています。ネットショップのアマゾンなどでは、檀家でなくても葬儀に駆けつけてくれる「お坊さん便」を申し込むことができます。

いずれも登場したときには仏教界から大きな反発がありましたが、歓迎する利用者の声はそれ以上に大きく、すでにサービスとして定着しています。

老いを迎え、死を受け入れる準備として、仏教にとらわれない個性的な葬儀のやり方を自分で決めたり、先祖代々のお墓を移動する「墓じまい」を行う動きもさかんです。子どものいない世帯が増えると、先祖代々のお墓を守る人がいなくなります。多くの高齢者が施設に入り、体力的にお墓参りができない人も増えています。お墓のあり方も変化を求められているのです。

少子化・高齢化は、日本人の葬り方・弔い方をも大きく変えようとしています。

当面は仏教的な伝統が残っていくでしょうが、檀家の減った地方のお寺がどんどん消滅している今、お葬式とお墓は大きく変化していきそうです。

それでも宗教に救いはある？

本来、老いや死に対する不安を和らげてくれるものだった仏教が、残念ながら日本では力を失ってしまっているように見えます。だから、日本人は宗教とは距離をおき、「終活」という形で老いや死に備えるようになったのでしょう。

しかし「終活」は、ビジネス主導に見える側面もあります。仏教に縁のない人々のニーズをとらえてはいますが、本当に心の支えになっているのか、疑問に思うこともあります。

一方で、日本人の宗教に対する興味は失われていません。若者の間で仏像ブームが起こったこともありますし、お寺めぐりをしている人も珍しくありません。「パワースポットめぐり」もソフトな形で信仰心・宗教心のあらわれでしょう。佐藤優さんや橋爪大三郎さんなどの宗教に関する本がヒットしていたりもします。

日本人は実は宗教に根強い関心を持っているのかもしれません。あるいは、これまで宗教に関心を持っていなかった日本人にとって、宗教が逆に新鮮なものに映っている可能性もあります。

今まで興味がなかったけれど、知ってみると、「死んだらどうなる？」といった気になる問いへの答えがちゃんと用意されているのです。「死んだらどうなる？」という問いに答えられるのは宗教しかありません。


そして、日本人にとって、老いや死といった不安に対して応えてくれる宗教は、仏教ではないかと私は考えています。

宣教師がたびたび日本を訪れ、奉仕活動にいそしみながら布教に励んでも、キリスト教がそれほど広まることはありませんでした。

一方、仏教は「坊主丸儲け」などと言われながらも根強く残っています。お墓を前にすれば誰もが手を合わせますし、お正月になればみんながお寺に初詣に行くのです。仏教には日本人の琴線に触れる、受け入れやすい教えがあるのです。

日本の仏教は、歴史の中で、さまざまな庶民の不安に応えることで発展してきました。天変地異・戦乱・疫病で混乱していた時代、「お念仏さえ唱えれば浄土に行けるんです」と説いた法然や親鸞の教えが急速に広まりました。

ただ、阿弥陀如来に委ねて念仏を唱えればいいという教えが、仏教本来の教えのどこから出てくるのか、理屈で考えれば疑問はあります。しかし、そこまでシンプルだったからこそ人々の心を捉えることができたのでしょう。親鸞の教えを受け継ぐ浄土真宗は現在、日本最大の宗派となっています。

老いること、病に苦しむこと、そして死ぬことへの不安や恐怖にみごとに答え、救いとなれたのです。

「葬式仏教」から「生きるための仏教」へ

高度経済成長期以降、日本人が仏教に関心を失ってしまったのは、経済という面で満たされてしまったからかもしれません。今、高齢社会を迎えるとともに、経済的にも右肩上がりの時代が終わり、日本人が忘れたつもりになっていた不安が、あらためて頭をもたげてきたとも考えられます。

需要と供給の関係でいえば、仏教に対する隠された需要はかなりあるはずです。それに対する供給が十分追いついていないから、需要にしっかり応えてくれる瀬戸内寂聴さんのお説教に大勢の人が集まるのでしょう。仏教には人々を救うパワーがかつてありました。そのパワーはまだある程度は健在だと思います。その一端が寂聴さんのような例に表れています。

東日本大震災の後にも、心ある仏教者たちは行動を起こしました。日本中の僧侶が宗派を超えて結集し、多くの親しい人を亡くしてしまった遺族の心の支えになろうと被災地に出向いて、被災者たちに寄り添う活動に打ち込んだのです。こうした動きがもっと期待されていると思います。

残念なのは、仏教がこれまで作ってきた根強いイメージがあることです。たとえば、高齢者施設や病院に「カウンセリング」と称してお坊さんがやって来たら大変なことになりそうです。「縁起でもない!」「葬式がほしくて死ぬのを待ってるのか」なんて言われかねません。葬式仏教ばかりやってきたため、僧侶をまるで死を連れてくる死神のように感じてしまうのですね。

これがキリスト教系の病院であれば、伝道師がやって来てもまったく不自然ではありません。すんなり受け入れられると思います。アメリカ軍にも従軍牧師がいます。死に直面する人にこそ宗教が必要とされているのです。

仏教のイメージは何世代にもわたってつくられてきたものなので、急には変わらないでしょう。二世代、三世代かけて変えていくしかありません。今まさに心のよりどころを求めている世代には間に合わないかもしれませんが。


うれしいのは、新しい考え方を持ったお坊さんが増えていることです。

たとえば檀家制度をやめて、葬儀や法要のお布施を定額で明示するなど、これまでとは違ったアプローチのお寺も増えています。多くのお寺で檀家が減る中、こうしたお寺には新しい信徒が集まり、他のお寺からお墓を移す人も増えているそうです。

これからは徐々に、老いや死への不安に応えてくれる受け皿となれるようなお寺も増えていくのではないでしょうか。

受験予備校があり、就職予備校があるのですから、「終活予備校」として、老いと死を迎える心構えを説いてもいいでしょう。亡くなった人を供養する「葬式仏教」を乗り越え、生きている人たちのための教えを、きちんと説いてくれるお坊さんが増えることを期待したいですね。

みんなが初めての経験に戸惑っている

定年が徐々に後ろ倒しになり、働く意欲のある人は、会社に残って働けるようなしくみができつつあります。高齢者のための施設や、在宅介護を支援する地域の取り組みなど、高齢社会に対応する社会は少しずつ整備されていくでしょう。

これはもう後戻りのできない現実ですので、スピードはともかく、国も自治体も可能なかぎり手をつくすはずです。国も経済も徐々に高齢者にターゲットを合わせ、「団塊の世代」仕様にシフトしているのはたしかです。

高齢者にとって重要な情報源であるテレビも変わってきましたね。大人用のおむつ、入れ歯の安定剤、高齢者向けの健康食品などのCMが目立ちます。

ずっと若者に支持されてきたテレビ局が視聴率競争で低迷し、逆に、どんな世代にも観られる番組作り、シニアをターゲットに絞った番組作りをしているテレビ局が高視聴率を叩き出しています。朝五時台から懐かしい時代劇をやっているのは、まさに朝早く目が覚めてしまう高齢者のためですね。

佐藤愛子さんの『九十歳。何がめでたい』といった、シニアからの積極的な情報発信も増えてきました。昔は需要の少なかった分野でしょう。「九十歳」の境地について「知りたい」と思う人が増えたのです。

さて、こうして高齢者をとりまく世の中のしくみが着々とできあがる中で、高齢者自身の心の備えはできているでしょうか？　思えば先行きは不透明なことだらけです。どう転ぶのかわからない年金制度、クルマがなければ生活できない街、若者中心に回っているように見える世の中など、実際は不安がいっぱいだと思います。

キレる高齢者が増えていることも話題となっています。たとえばコンビニなどで、若者のアルバイトに少し待たされたりするだけで怒り始める高齢者が多いといいます。本人にしてみたら、きっと失礼なことをされたのでしょう。おそらくそれなりの立場にいらした方だと思います。

会社では「おい、あれ」と言えば、部下が配慮してくれて話が通じたのかもしれません。自らコミュニケーションをとってわかってもらおうと努力をする必要がなかったのかもしれません。

しかし、会社を離れ、だれも「忖度《そんたく》」してくれない場で現役時代のように振る舞っても、周りには通用しません。そこでイライラしてキレてしまうというわけです。

もちろん、ずっと周りの人たちに大切にされ、気持ちよく長生きできる人もいるでしょう。しかし、最近はなかなかそうはいきません。高齢になり、身体の自由がきかなくなれば施設に入ることが多いのです。今までとまったく違ったコミュニティで長期間、暮らさなければなりません。

問題は、こうした経験が日本人として初めてだということです。日本人どころか、これほどの高齢社会は人類にとっても初めてなのです。

先人たちも経験したことのない人生の過ごし方を、団塊の世代は切り拓いていかねばなりません。本人も初めてなら、周りの人も初めてです。あちこちで「キレる老人」に、若者たちはもちろん、日本人みんなが戸惑っているのです。おそらくキレた本人も戸惑っていると思います。

周りの環境はシニアのニーズに応えて着々と整っている一方、老いを迎えようとする本人の心構え、老い方のマネジメントがまだ追いついていないのかもしれません。だれも経験したことのない世界ですから、過去に学ぶことにも限界がありそうです。みんなが「どうしよう?」と戸惑っています。

最近、リンダ・グラットン教授（ロンドン・ビジネススクール）の『ライフ・シフト――人生100年時代の人生戦略』（東洋経済新報社）という本が話題になりました。「百歳まで生きる」という講義をしたら、学生たちが絶望していたと書いてあります。「百歳」という人生にどんな世界があるのか? それが絶望なのか、希望なのか? 想像はできても、本当はだれもわからないのです。

だれもわからないからこそ、だれもが悩みを抱えています。だれかに教えてほしいという人は増えているはずです。

「老い方のレッスン」があったら何を学びたい？

本がなかなか売れない時代になりましたが、書店に行くと、かなりの棚がビジネス書で占められています。新入社員向けの心得から「初めて部下を持った課長が読む本」といった管理職のノウハウまで、いろいろな層に向けて「どう働くか」「どう働かせるか」を説くビジネス書が並んでいます。

勉強の仕方、働き方、生き方といったノウハウ本がたくさんあるように、今、「長生きの仕方」「老い方」のノウハウが求められているのかもしれません。長生きせざるをえなくなった時代の「長生きのレッスン」「老い方のレッスン」ですね。

レッスンというからには実際に講義にしても面白そうです。テキストだけでなく、たとえば大学の生涯学習の一環として、半年程度のカリキュラムで「老い方のレッスン」

の連続講座を開催するのです。「老い方のレッスン」として教えたほうがいい教科はたくさんあります。というより、私自身も学びたいですね。

たとえば、人の身体が歳をとるというのはどういうことなのか、医療の立場から真面目に教わってみたいものです。機械にたとえれば、人間の身体にも「耐用年数」というものがあるのでしょう。ポンコツのクルマだって、修理しながら、だましだまし乗れるように、人間の身体は多少衰えても、うまくつきあっていけるはずです。

医学・生理学の立場から「人間はなぜ老いるのか」「どのように老いるのか」「なぜ病気になるのか」など、これから自分の身に起こることを、知識・教養として知っておくのは悪いことではありません。

私たちは日ごろ「老い」や「死」について考えるのを避けたがる傾向があります。だからこそ、いざ自分が老いや死に直面すると、戸惑ったり、うろたえたりするのでしょう。

もちろん、知識として「老い方」を学んだところで心安らかではいられないかもしれません。しかし若干ながら、ショックを和らげる効果はあるのではないでしょうか。

これまでは身の回りのお年寄りを見て経験則で、老いた体とのつきあい方を学んでいたのでしょう。しかし、多くのお年寄りが施設や病院に入るようになった今、得られる経験則にも限界があるのではないでしょうか。また、老い方には個人差が大きいため、「普通はどうなの？」を知っておきたいものです。

そのほか、リハビリについて、薬について、認知症について、健康管理についてなど、知っておきたいことはたくさんあります。どれもきちんと学ぶ機会は、これまでなかなかありませんでした。

しかるべき先生に、きちんと教えてもらいたいと思うのは、巷には商品の広告と区別のつかない、あやしげな情報があふれているからです。中には、真に受けてしまうと有害なものさえあります。玉石混淆の情報があふれているということは、それだけ老い方についての情報が求められているということ。正しい情報に出合う機会がもっと増えるといいですね。

「老い方のレッスン」は、医学や薬学といった自然科学的なアプローチだけでは足りません。古今東西を問わず、老いは人間にとって永遠のテーマです。ブッダも「生老病死は避けられない」という真理を土台にして仏教を説きました。

老いるとはどういうことなのか？
人はなぜ生まれてきて、死んでいくのか？
死すべきものが、どうして生まれてきたのか？

老いや死を意識したときこそ、人はこうした根源的な問いを投げかけたくなります。そこで、宗教や哲学の出番です。若いころには考えもしなかった老いや死に、自分のこととして直面することで、宗教や哲学に違った心構えで向きあえるようになるのではないでしょうか。

宗教や哲学がいよいよ面白くなるのは、老いや死を意識し始めてからだと言えるかもしれません。「老い方のレッスン」に宗教や哲学の講義は欠かせませんね。今はまだ「老い方のレッスン」といった体系的な学びの場は少ないのではないでしょうか。

だからこそ宗教者であって、作家という「伝えるプロ」でもある瀬戸内寂聴さんのような方々の存在が貴重なのですね。本書でお伝えする対談も、私にとって「老い方のレッスン」の序章のような貴重な学びの時間となりました。

おわりに――対談を終えて

ジャーナリスト・名城大学教授　池上　彰

「瀬戸内寂聴さんと対談しませんか？」

ＢＳフジから誘いがあったときには、文字通り二つ返事でお受けしました。寂聴さんとは以前にも出版社の企画でお会いしていますが、テレビでは初めてです。

「対談の様子は、ほぼノーカットでそのまま放送します」

これは、なかなかのプレッシャーですね。通常の対談番組ですと、放送時間を大幅に上回る時間を使って収録し、あちこちをカットして編集します。収録中にまずいことを言っても、「あとでカットしてもらえればいいや」と気軽なのです。

ところが、今回はそれが通用しません。真剣勝負になります。その結果が、本書にまとまりました。

対談前、テレビ局のスタッフに、「寂聴さんは、どんな方なのですか？」と尋ねられ、私が思わず「可愛い方ですよ」と答えました。私の答えにスタッフは首を傾げていましたが、対談後、「池上さんの言った意味がわかった気がします」と言ってきました。九十代半ばになって、この可愛らしさ。本書を読んだ読者のあなたも、「可愛い方ですよ」の意味がお分かりいただけたと思います。

寂聴さんがお住まいの「寂庵」。京都の中心部から離れた場所に庵を設けて静かに暮らしているという印象を受けてしまいますが、いやいや、どうして、どうして。俗世間のことをよくご存じで、煩悩が抜けきっていません。肉も酒もよく召し上がることでも知られています。いまだに「肉食女子」なのです。

いまも素敵な男性に心をときめかすことがあるそうです。残念ながら、私はその対象にはならないと明言されていましたね。

寂聴ファンの若い人たちは、かつての人気作家・瀬戸内晴美が、どれだけスキャンダラスな人生を送ってきたか、ご存じないでしょう。当時もしテレビのワイドショーや写真週刊誌があったら、連日の大報道だったに違いありません。

それが、ある日突然、「出家する」と宣言。仏門に入られたのです。私が社会人になった年でした。これがまた、当時は大騒ぎになりました。いまなら寂庵にテレビカメラが殺到するところでしょう。

「豊饒な人生経験」を経たからこその言葉の重み。寂聴さんの一言一言に私たちが頷くのは、そんなところがあるのではないでしょうか。

その寂聴さんが百歳に近づきつつあります。世は超高齢社会。多くの人が「老いと死」を意識するようになったことで、寂聴さんに、改めて「人生の始末」を聞いてみたい。そう思う人が増えてきたのでしょう。

久しぶりにお会いした寂聴さんは、相変わらず〝枯れて〟はいませんでした。世界のこと、日本のこと、強い関心をお持ちでした。次々に繰り出される〝いい質問〟に、まるで別のテレビ番組のようになりかけたほどでした。

それでも、話の中でたびたび出てきたのが、「いただいた命」。そう、私たちは命をいただいてこの世に生を受けたのです。いただいたものは、いつしかお返ししなければなりません。それがいつになるか、誰もわかりません。でも、自力で勝ち取った命ではないのですから、お返しするのは当然でしょう。そう考えて、日々を生きていく。生きることも死ぬことも、決して怖いことではない。寂聴さんからは、そんなメッセージをいただき、私もまた元気になって寂庵を後にしました。

二〇一七年八月

参考文献

『高齢社会白書（平成28年版）』内閣府編（日経印刷）
『厚生労働白書（平成28年版）』厚生労働省編（日経印刷）
『人口から読む日本の歴史』鬼頭宏著（講談社学術文庫）
『お坊さんが明かす あなたの町からお寺が消える理由』橋本英樹著（洋泉社）
『老いを照らす』瀬戸内寂聴著（朝日文庫）
『生きてこそ』瀬戸内寂聴著（新潮新書）
『また逢いましょう』瀬戸内寂聴、宮崎奕保著（朝日新聞社）

編集協力　長田幸康
取材協力　BSフジ、スタッフラビ、岩切靖治（〈株〉タリアットオフィス）

瀬戸内寂聴［せとうち・じゃくちょう］

1922年、徳島市に生まれる。作家、僧侶。東京女子大学卒業。1957年、『女子大生・曲愛玲《チュイアイリン》』（新潮社）で新潮社同人雑誌賞、1961年、『田村俊子』（文藝春秋新社）で田村俊子賞、1963年、『夏の終り』（新潮社）で女流文学賞受賞。1973年、平泉中尊寺で得度受戒。法名・寂聴。1974年、京都・嵯峨野に「寂庵」を開く。1992年、『花に問え』（中央公論新社）で谷崎潤一郎賞、1996年、『白道』（講談社）で芸術選奨文部科学大臣賞受賞。1997年、文化功労者に選出。1998年、『源氏物語』（講談社）現代語訳完訳。2006年、イタリア国際ノニーノ賞、文化勲章受章。2007年、比叡山禅光坊住職に就任。2008年、安吾賞受賞。最近の著書に『老いも病も受け入れよう』（新潮社）、『求愛』（集英社）、『わかれ』（新潮社）などがある。

池上　彰［いけがみ・あきら］

1950年、長野県に生まれる。ジャーナリスト、名城大学教授、東京工業大学特命教授。慶應義塾大学卒業後、1973年NHK入局。報道記者として、松江放送局、呉通信部を経て東京の報道局社会部へ。1994年より11年間、『週刊こどもニュース』でお父さん役を務め、わかりやすい解説が話題に。2005年にNHKを退職し、フリーのジャーナリストとして活躍中。著書に、『伝える力』『情報を活かす力』（以上、PHPビジネス新書）、『アメリカを見れば世界がわかる』（PHP研究所）、『池上彰の新聞ウラ読み、ナナメ読み』（PHP文庫）、『知らないと恥をかく世界の大問題8』（角川新書）、佐藤優氏との共著に『新・リーダー論』（文春新書）、『僕らが毎日やっている最強の読み方』（東洋経済新報社）など多数。

95歳まで生きるのは幸せですか？

（PHP新書1112）

二〇一七年九月二十九日　第一版第一刷

著者――瀬戸内寂聴／池上　彰
発行者――後藤淳一
発行所――株式会社PHP研究所
東京本部――〒135-8137 江東区豊洲5-6-52
学芸出版部新書課 ☎03-3520-9615（編集）
普及一部 ☎03-3520-9630（販売）
京都本部――〒601-8411 京都市南区西九条北ノ内町11
組版――有限会社エヴリ・シンク
装幀者――芦澤泰偉＋児崎雅淑
印刷所
製本所――図書印刷株式会社

ISBN978-4-569-83675-1

PHP新書

PHP INTERFACE
http://www.php.co.jp/

PHP新書刊行にあたって

「繁栄を通じて平和と幸福を」(PEACE and HAPPINESS through PROSPERITY)の願いのもと、PHP研究所が創設されて今年で五十周年を迎えます。その歩みは、日本人が先の戦争を乗り越え、並々ならぬ努力を続けて、今日の繁栄を築き上げてきた軌跡に重なります。

しかし、平和で豊かな生活を手にした現在、多くの日本人は、自分が何のために生きているのか、どのように生きていきたいのかを、見失いつつあるように思われます。そして、その間にも、日本国内や世界のみならず地球規模での大きな変化が日々生起し、解決すべき問題となって私たちのもとに押し寄せてきます。

このような時代に人生の確かな価値を見出し、生きる喜びに満ちあふれた社会を実現するために、いま何が求められているのでしょうか。それは、先達が培ってきた知恵を紡ぎ直すこと、その上で自分たち一人一人がおかれた現実と進むべき未来について丹念に考えていくこと以外にはありません。

その営みは、単なる知識に終わらない深い思索へ、そしてよく生きるための哲学への旅でもあります。弊所が創設五十周年を迎えましたのを機に、PHP新書を創刊し、この新たな旅を読者と共に歩んでいきたいと思っています。多くの読者の共感と支援を心よりお願いいたします。

一九九六年十月

PHP研究所

PHPビジネス新書

「話す」「書く」「聞く」能力が仕事を変える！

伝える力

池上 彰 著

わかっているつもり、では伝わりません。伝えるために話すこと、聞くこと、書くことを徹底して考えたジャーナリストの究極の方法とは？

定価 本体八〇〇円（税別）

PHPビジネス新書

情報を活かす力

池上　彰　著

新聞・雑誌・書籍は何をどう読むか？　インターネットで情報を集めるときの注意点は？　〝池上流〟情報収集・整理・解釈・発信術を大公開！

定価　本体八五〇円（税別）